KB114905

鵬붕정대연가

붕정대연가(鵬程大戀歌) 3

임영기 新무협 판타지 소설

초판 1쇄 찍은 날 § 2021년 2월 17일
초판 1쇄 펴낸 날 § 2021년 2월 24일

지은이 § 임영기
펴낸이 § 서경석

총괄팀장 § 노종아
편집책임 § 신나라
디자인 § 스튜디오 이너스

펴낸곳 § 도서출판 청어람
등록번호 § 제387-1999-000006호
등록일자 § 1999. 5. 31
어람번호 § 제2-2861호

주소 § 경기도 부천시 부일로 483번길 40 서경B/D 3F (우) 14640
전화 § 032-656-4452 팩스 § 032-656-4453
http://www.chungeoram.com
E-mail § chungeorambook@daum.net

ISBN 979-11-04-92311-1 04810
ISBN 979-11-04-92299-2 (세트)

도서출판
청어람

3

임영기 · 무협 판타지 소설
Cover illust A4

붕정대연가

FANTASTIC ORIENTAL HEROES

목차

第二十四章

천면수라(千面修羅)

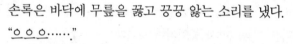

손록은 바닥에 무릎을 끓고 끙끙 앓는 소리를 냈다.

"으으으……."

그는 민수림의 격공술 접인신공에 의해서 결국 바닥에 무릎을 꿇고 말았다.

조심스럽게 민수림을 쳐다보는 그의 얼굴에는 두려움을 넘어 공포가 짙게 깔려 있다.

그가 보기에는 민수림이 진검룡보다 더 고수인 것 같았다. 그리고 두 사람 성격이 냉혹하고 잔인하다는 점에서 비슷한 것 같았다.

민수림이 예의 심신이 다 녹을 것 같은 그윽한 목소리로 말문을 열었다.

"이제 대답하겠느냐?"

손록은 흠칫 놀라면서 고개를 숙였다.

"무… 물론입니다."

그는 머릿속으로 민수림이 무엇을 물었는지 기억을 더듬은 후에 떨리는 목소리로 대답했다.

"본 방은 검황천문(劍皇天門)의 휘하입니다."

"검황천문?"

진검룡과 민수림은 똑같이 중얼거렸다.

당금 무림에서 남천북신(南天北神) 중에 남천인 검황천문을 모르는 사람이 없으므로 손록은 진검룡과 민수림이 나직하게 중얼거리는 것을 이상하게 여기지 않았다.

하지만 민수림은 검황천문을 알고 있는 것이 아니라 왠지 귀에 익은 이름이라서 중얼거린 것이다.

반면에 진검룡은 지금껏 항주에서 사는 동안 검황천문이라는 이름을 꽤 많이 들어봤다.

그에게 있어서 검황천문이란 대명제국의 황궁이나 옥황상제가 사는 하늘나라 정도의 거대하고 엄청난 의미를 지니고 있다.

그 정도로 신성불가침한 존재이고 거대한 이름이기 때문이다. 그래서 검황천문이라는 이름을 듣는 순간 진검룡은 반사적으로 뒷골이 당기고 오금이 저리는 것을 어쩌지 못했다.

손록은 진검룡과 민수림이 제아무리 날고 기는 고수라고 해도 검황천문이라는 이름을 듣고는 앗! 뜨거워라! 하면서 제풀에 물러설 것이라고 예상했다.

　오룡방이 검황천문 휘하라는 것은 만약 진검룡이 손록을 수하로 거두면 검황천문을 적으로 두어야 한다는 뜻이다.

　그렇지만 진검룡은 검황천문이라는 문파의 이름만 귀가 따갑도록 들었을 뿐이지 구체적인 것은 거의 모르고 있다.

　그래서 그가 떨떠름한 얼굴로 손록에게 물었다.

　"그래서, 너 내 수하가 될 거냐?"

　"……."

　손록은 아무 말도 하지 못했다. 말문이 막혔지만 그의 표정은 이렇게 말하고 있었다.

　'너 지금 제정신이냐? 방금 내가 한 말을 어디로 들었기에 그따위로 말하는 거야?'

　진검룡은 검황천문에 대해서 구체적으로 모르기 때문이고, 민수림은 아예 아무것도 모르기에 손록을 수하로 거두는 일에 아무런 문제가 없다.

　손록은 멍한 표정으로 두 사람을 번갈아 쳐다보았다.

　"내가 한 말 못 들었습니까?"

　"들었는데 그게 어째서?"

　손록은 귀에서 연기가 나올 정도로 기가 막혀서 말이 안

나올 지경이지만 간신히 억눌렀다.

"나를 수하로 거두면 검황천문의 항주지부 역할을 하고 있
는 오룡방도 귀하의 수중에 들어갈 텐데… 그러면 검황천문
을 적으로 두는 것입니다."

진검룡의 미간이 모아지고 뺨이 씰룩거리는데 누가 봐도 명
백한 짜증과 권태감이다.

손록은 '뭐 저런 놈이 있어?'라는 표정을 지었다가 그 생각
을 얼른 지우고 잠시 호흡을 가다듬고 나서 말했다.

"혹시 검황천문이 남천북신 중에 남천이라는 사실을 모르
는 겁니까?"

"알고 있어."

손록은 또다시 말문이 막혔다. 그가 보기에는 진검룡이 남
천 검황천문에 대해서 잘 알고 있으면서도 자신과 오룡방을
거두려는 것 같았다.

사실 손록은 생면부지인 진검룡의 수하가 되는 것이 죽기
보다도 싫었다.

그 이유를 대라고 하면 수십 개를 댈 수 있을 정도인데 그
중에서 가장 큰 것은 현재의 상황이 말도 안 된다고 생각하기
때문이다.

오룡방이 검황천문의 항주지부라는 사실은 오룡방 내에서
도 당주들만 알고 있을 정도로 비밀이다.

그런 비밀을 밝혔는데도 진검룡이 얼굴색조차 변하지 않고

손록을 수하로 거두겠다는 것이다.

그러므로 손록으로서는 도저히 빠져나갈 구멍이 없다. 만약 거절한다면 진검룡에게 죽음을 면하지 못할 터이다.

그렇다고 해서 도망도 가지 못한다. 진검룡과 민수림 둘 다 허공을 격하여 공력을 발출하는 초절고수인데 도망쳤다가는 그 길로 즉사다.

'어쩔 수 없군.'

손록은 일단 진검룡의 요구를 들어주기로 했다. 목숨은 건지고 봐야 하기 때문이다. 그렇다고 진짜로 그의 수하가 되려는 생각은 눈곱만큼도 없다.

그로서도 이 일을 해결할 방법이 전혀 없는 게 아니다. 검황천문에 꾸중을 듣겠지만 말이다.

손록은 무릎을 꿇은 채 두 손으로 바닥을 짚고 진검룡에게 절을 올렸다.

"속하 손록이 주군을 뵈옵니다."

배알이 뒤틀렸지만 지금으로선 도리가 없다.

진검룡과 민수림은 손록이 말과 행동은 이렇게 하고 있지만 진심으로 승복하지 않았음을 알고 있다.

그걸 어떻게 알았는지 묻는다면 설명하기가 곤란하지만 그냥 느낌으로 알 수 있다.

그게 이건 이렇고 저건 저렇다고 콕 찍어서 말할 수 있는

게 아니다.

진검룡으로서도 손록의 속마음까지 좌지우지할 수는 없는 노릇이다.

그는 표면적으로 손록이 진검룡의 수하가 되고 오룡방을 휘하에 두게 되면 앞으로 자신을 귀찮게 하는 일은 없을 테고 마음에 들지 않는 일을 할라치면 그만두라고 명령할 수 있을 것이라고 단순하게 생각했다.

진검룡은 손록과 오룡방을 이용해서 큰 이득을 볼 생각은 없으니까 그거면 충분하다.

어찌 됐든 간에 항주제일인 손록의 절을 받은 진검룡은 기분이 너무 좋아서 큰 소리로 웃고 싶은 것을 겨우 참고 고개를 끄떡였다.

"오냐. 앞으로 잘해보자."

속에 있는 말이 거침없이 튀어나왔다.

아무리 수하라지만 사십오 세의 손록에게 이십 세 진검룡이 지나치게 거들먹거렸다.

손록의 얼굴이 수치심으로 붉게 물들었지만 이마를 바닥에 대고 있어서 보이지 않았다.

그러길 다행이다. 진검룡이 봤으면 절대로 그냥 넘어가지 않았을 것이다.

그렇지만 민수림은 아무 말 하지 않고 빙그레 흐뭇한 엷은 미소를 지었다.

그녀는 진검룡이 지금처럼 철없이 행동하는 것이 귀엽다는 생각이 들었다.

웬만한 일도 이것저것 꼬치꼬치 캐묻더니 이젠 묻지 않고도 곧잘 처리하고 있는 모습이 그녀로선 여간 신통방통하지가 않다.

진검룡은 벌떡 일어섰다.

"일어나라. 가자."

손록은 무릎을 꿇은 채 고개만 들고 의아한 표정으로 그를 올려다보았다.

"어딜 갑니까?"

진검룡은 한껏 거만한 표정으로 손록을 굽어보면서 말했다.

"어딜 가긴? 오룡방 전 수하들을 모아놓고 네가 내 수하가 됐다는 사실을 발표해야지."

"……"

그 순간 손록은 똥물을 뒤집어쓴 것 같은 기분이 들었다.

'우라질……'

손록이 제발 봐달라고 두 손 모아서 싹싹 빌었지만 그는 진검룡의 고집이 쇠심줄 같다는 사실을 모르고 있었다.

결국 손록은 오룡방 전 수하 팔백여 명을 광장에 모두 모아놓고서 자신이 오늘부터 전광신수의 수하가 됐다는 사실을 발표할 수밖에 없었다.

손록이 항주의 새롭게 떠오르는 신성(新星) 전광신수의 수하가 됐다는 놀라운 사실을 오룡방 전 수하 팔백여 명이 알게 됐다는 것은 하루 만에 항주에 사는 모든 사람들이 다 알게 될 것이고, 며칠 지나지 않아서 천하 곳곳으로 퍼져 나갈 것이라는 뜻이다.

진검룡은 벌집을 쑤셔놓은 것처럼 발칵 뒤집힌 오룡방을 뒤로하고 민수림과 함께 유유히 그곳을 떠났다.

그로선 이제 더 이상 오룡방에 볼일이 없으니까 깔끔하게 떠나는 것이다.

앞으로 오룡방이 진검룡, 아니, 전광신수를 괴롭히거나 그가 하는 일에 훼방을 놓지 않는 한 손록을 다시 만날 일은 없을 것이다.

이렇게까지 해놨는데 전광신수 면전에서 오룡방 수하들이 얼쩡거린다는 것은 손록의 정신이 나갔다는 얘기다. 그러므로 그런 일이 생기면 그때는 그를 죽일 수밖에 없다. 하지만 그도 그걸 알 테니까 극도로 조심할 터이다.

진검룡과 민수림이 오룡방 전문을 나서자 이십 명의 호문무사들이 일제히 깊숙이 허리를 굽혔다.

"살펴 가십시오!"

진검룡이 누구라는 사실이 이미 일개 호문무사들에게까지

다 퍼진 것이 분명하다.

"어……."

진검룡은 호문무사들에게 수고하라고 한마디 해주려다가 그만두었다.

그는 어깨를 으쓱거리면서 조금 거들먹거리며 관도를 걸어가고, 민수림은 그런 진검룡을 보면서 입가에 흐뭇한 엷은 미소를 머금고 있다.

진검룡이 민수림을 보면서 뻐기듯이 말했다.

"나 잘했죠?"

민수림은 웃음을 참으면서 고개를 끄떡였다.

"네."

진검룡이 하는 행동이 꼭 장난꾸러기 같아서 그녀는 말을 길게 하지 못했다.

"그런데 왜 칭찬 안 해줍니까?"

"풋!"

민수림은 급기야 손으로 입을 가리고 짧은 웃음을 터뜨렸다.

진검룡은 의아한 표정을 지었다.

"웃깁니까?"

"큭큭큭… 네."

민수림이 손으로 얼굴을 가리고 웃음을 참으려고 애쓰자 진검룡은 덩실덩실 춤을 추는 듯한 동작을 하면서 웃었다.

"하하! 그럼 시원하게 웃으십시오."

그 모습에 민수림은 결국 참지 못하고 고개를 젖히고 해맑은 웃음을 터뜨리고 말았다.

"아하하하하!"

천하에 짝을 찾아보기 어려운 절세미녀가 관도 한복판에서 웃음을 터뜨리자 행인들이 걸음을 멈추고 쳐다보았다.

진검룡은 빙그레 미소 지으며 민수림을 바라보았다.

'수림은 웃을 때가 제일 예뻐.'

기억을 잃기 전의 민수림은 무슨 일이 있어도 절대로 웃지 않는 여자였다. 웃을 만한 일이 없었으며 그녀는 웃기를 좋아하지 않았다.

그러나 현재의 그녀는 웃음이 헤프지는 않지만 그렇다고 웃지 않는 여자는 아니다.

특히 진검룡이 웃기려고 하면 그녀는 웃을 준비가 돼 있는 사람처럼 웃음을 참지 못한다. 진검룡에게는 마음이 열려 있기 때문이다.

그때 머리 위 수십 장 높이 하늘을 날아가는 한 마리 비둘기가 있다는 사실을 두 사람은 알지 못했다.

비둘기는 전서구인데 방금 전에 오룡방에서 날아올랐다.

전서구 발목에 묶인 조그맣고 가느다란 대롱 안에는 손록이 검황천문에 보내는 서찰이 들어 있었다.

　복잡한 관도에서 한 사람이 진검룡과 민수림을 멀찌감치 뒤에서 따르고 있다.

　그는 이십 대 중반의 여자이며 남의 경장을 입고 무기는 지니지 않았는데 어느 누구라도 한번 보면 눈을 떼지 못할 정도로 아름다운 미모의 소유자다.

　거리에는 사람이 많은 데다 여자는 꽤 멀리에서 두 사람을 미행하고 있기 때문에 조심성이 많은 민수림에게도 감지되지 않았다.

　남의 경장을 입은 여자는 오가는 행인들이 수군거리는 말을 놓치지 않았다.

　몇몇 행인들이 진검룡과 민수림을 보면서 자신들이 알고 있거나 소문으로 들은 얘기를 소곤거리고 있었다. 아니, 정확하게는 진검룡에 대해서 말하고 있는 것이다.

　행인들이 소곤거리는 내용은 저기 잘생긴 청년이 바로 전광신수인데 요즘 항주에서 제일 유명하다는 것이다.

　그러고는 전광신수가 정심천에서 통행료를 받는 비응보 무사들을 죽였으며, 그 이후에는 비응보에 쳐들어가서 비응보주 비광도 부호량의 무공을 폐지시키고 유유히 비응보를 떠났다는 굉장한 소문을 숙덕거렸다.

그렇지만 여자는 그런 말들을 귓등으로 들으면서 한시도 민수림에게서 시선을 떼지 않았다.

물론 여자는 행인들이 하는 말을 다 들었다. 그녀의 관심은 민수림에게 집중되었지만 그녀와 함께 행동하고 있는 남자를 무시할 수는 없는 일이다.

*　　　　*　　　　*

여자는 아까 맞은편에서 걸어오다가 민수림을 발견하고 크게 놀랐다.

민수림이 그녀가 알고 있는 어떤 여자하고 기가 막힐 정도로 똑같이 닮았기 때문이다.

그렇지만 얼굴만 똑같았다. 민수림이 입고 있는 복장이나 머리모양, 표정 같은 것은 여자가 알고 있는 그 여자와는 천양지차로 달랐다.

여자는 민수림과 닮은 그 여자하고는 서로 안면이 있는 사이였다.

아니, 더 정확하게 설명하자면 여자는 그 여자 앞에서 무릎을 꿇어야만 하는 신분이었다.

현재의 여자는 본래의 진면목이 아니기 때문에 민수림이 그녀가 알고 있는 그 여자라고 해도 알아보지 못했을 것이다.

여자는 두 개의 별호를 갖고 있는데 그중 하나가 천면수라(千面修羅)다.

별호에서 풍기듯이 천 개의 얼굴을 갖고 있으며 손속이 아수라처럼 더할 수 없이 잔인해서 붙여진 별호다.

그녀 천면수라는 역용술이나 인피면구 같은 것으로 얼굴 모습을 바꾸지 않고 순전히 공력으로 근육과 살갗을 움직여서 원하는 모습으로 변환하는 상승수법을 사용한다.

그런 것을 이체변용신공(異體變容神功)이라고 하는데 당금 무림에서 그 수법을 전개하는 사람은 천면수라가 유일하다.

강비는 개방 항주분타에 들렀다가 일찍 하반(下班: 퇴근)을 하고 진검룡을 만나기 위해서 오룡방 근처 포구에 정박해 있는 용림당으로 부지런히 가고 있는 중이다.

그는 아까 용림당을 떠나면서 독보에게 자신의 개인용 전서구를 한 마리 주며 사용법을 가르쳐 주었다.

그 이후 독보는 진검룡을 기다리고 있는 동안 재미 삼아서 강비가 가르쳐 준 방법대로 두 번 전서구를 날려보았는데 두 번 다 성공했다.

독보는 그 전서구의 서찰에 그 당시 상황을 자세히 적어서 보냈기에 강비는 진검룡과 민수림의 상황이 어떻게 돌아가고 있는지 알게 되었다.

강비는 오룡방에 들어갔다는 진검룡과 민수림보다 먼저 용림당에 도착했다가 두 사람을 맞이하려고 종종걸음으로 부지런히 걸었다.

그때 강비는 앞쪽에서 평소 잘 아는 개방 항주분타의 백의개(白衣丐) 두 명이 다가오는 것을 발견했다.

백의개란 개방에 들어온 지 삼 년이 채 안 되는 어리고 따끈따끈한 신참을 가리킨다.

개방 항주분타는 인원이 채 삼십 명이 안 되기 때문에 모두 한 가족처럼 가깝고 정겨운 사이다.

그런데 강비가 잘 아는 두 명의 백의개는 강비가 오는 줄도 모르고 연신 고개를 뒤로 돌려 뒤쪽을 살피면서 오다가 코앞에서 그와 마주쳤다.

"아! 삼강(三剛) 형님."

"너희들 뭘 그렇게 두리번거리느냐?"

개방 삼결제자인 강비는 항주분타 내에서 형제들에게 '삼강'이라고 불린다.

백의개 한 명이 뒤쪽을 가리키면서 흥미진진한 표정으로 설명했다.

"저기에 전광신수가 가고 있습니다."

"그래?"

강비는 반색하며 전방으로 목을 길게 빼고 진검룡을 찾아보았으나 행인들에 가려져 보이지 않았다.

그렇지 않아도 강비는 조금 전에 오룡방 전문 앞을 지날 때 혹시 진검룡이 나오지 않았는지 두리번거렸었는데 전방에 그가 가고 있다니 반가운 마음이 들었다.

"삼강 형님, 그런데 누가 전광신수를 미행하고 있는 것 같습니다."

"미행?"

백의개들은 전광신수에 대한 소문은 귀가 따갑도록 들었지만 강비가 전광신수하고 친하다는 사실은 전혀 모른다.

다른 백의개의 말에 강비는 뒷골이 바짝 당겼다.

강비는 목소리를 낮추고 물었다.

"전광신수를 누가 미행하느냐?"

"저 여자입니다."

두 명의 백의개가 동시에 한 여자를 가리켰다.

천면수라는 진검룡과 민수림을 미행하고, 강비는 천면수라를 미행했다.

강비는 천면수라를 앞질러 갔다가 슬쩍 돌아서서 걸어오며 천면수라를 힐끗거리며 살폈지만 누구인지 도무지 알아낼 수가 없었다.

그가 본 천면수라는 삼십이삼 세가량의 수수한 용모를 지닌 여자로 처음 보는 얼굴이다.

하지만 천면수라의 얼굴이 반각 전하고 크게 달라졌다는

사실을 강비로서는 알 리가 없다.

천면수라는 자신의 안전을 위해서 수시로 이체변용신공을 발휘하여 용모를 바꾸는데 하루 동안 평균 스무 번 정도 변신하고 있다.

천면수라는 두 가지 신분을 지니고 있으며 하나는 살수(殺手)이고 또 하나는 신투(神偸)다.

즉, 표적에 따라서 적당한 돈을 받고 대신 사람을 죽여주는 청부 살인 업자 살수인 동시에 무엇이든 간에 귀하고 값비싼 것이라면 닥치는 대로 훔치는 신의 손 신투인 것이다.

두 명의 백의개가 있는 곳으로 돌아온 강비는 후배 거지들을 보면서 미간을 좁히고 중얼거렸다.

"삼십 대 초반의 그렇고 그런 얼굴이던데 뭐가 눈이 번쩍 뜨일 만큼 아름다운 미녀라는 것이냐?"

그의 힐난에 두 백의개는 억울하다는 표정으로 항변했다.

"아닙니다. 정말 아름다웠습니다."

"그렇습니다. 그리고 삼십 대가 아닌 이십 대 초반의 어린 소저였습니다."

"그래?"

강비는 백의개들을 더 몰아붙이지 않았다. 그들이 거짓말을 할 이유가 없기 때문이다.

그렇다면 지금 그가 미행하고 있는 여자가 반각 전까지만 해도 이십 대 초반의 절세미녀였는데 지금은 삼십 대 초반의 수수한 용모로 변했다는 얘기다.

일반인이라면 '그게 말이 되는 얘기야?'라고 하겠지만 무림에서는 충분히 말이 되는 일이다.

그렇지만 여기까지가 강비의 한계다. 제 딴에는 무림 상식이 풍부하다고 자부하는 그로서도 저 여자가 누군지 짐작조차 가지가 않았다.

이십 대 초반의 절세미녀에서 반각 만에 삼십 대 초반의 수수한 용모로 변했다면 변신의 대가가 분명한데 도대체 누군지 떠오르는 인물이 없다.

"아괄개(兒八丐)야, 너희들 저 여자 놓치지 마라. 잠시 다녀오겠다."

강비는 개방 항주분타로 달려가서 분타주에게 이 일을 물어볼 생각이다.

분타주는 개방에서 천하를 돌며 삼십 년 이상 굴러먹으며 경륜이 풍부하니까 강비의 말을 들으면 저 여자가 누군지 알 수도 있을 터이다.

'천면수라라니……!'

이각 후에 오룡방 앞 관도 끝의 포구를 향해 전력으로 달려가고 있는 강비는 벌써 몇 번이나 속으로 그 말을 되풀이해서 외치고 있다.

항주에서 태어나 항주에 대한 일만 빠삭한 강비지만 천면수라가 어떤 존재인지 너무도 잘 알고 있다.

전 무림을 통틀어서 청부 살인을 하는 살수들이 만여 명이나 된다고 하는데, 그들 중에서 각 지역이나 각 방면에서 내로라하는 살수가 있으며 그들을 일컬어 이른바 백대살수(百代殺手)라고 한다.

천면수라는 백대살수에 속하는 인물이며 지금껏 살인 성공률이 경이적인 구 할에 이른다고 알려졌다.

강비가 개방 항주분타로 단숨에 달려가서 분타주에게 물어보니까 그는 잠시 생각하더니 당금 무림에 그런 인물은 단 한 명뿐이며 천면수라일 거라고 대답했다.

천면수라에 대한 소문은 강비도 들은 적이 있다. 무림사에 다시없을 경이로운 구 할대 살인 성공률을 지닌 살수.

하루에도 수십 차례 용모를 바꾸기 때문에 일단 표적이 된 인물은 도저히 그의 살수를 피할 수가 없으며, 살인을 저지르고 난 이후에는 절대로 잡을 수 없다는 전설적인 인물이 바로 그인 것이다.

강비는 개방 항주분타까지 달려갔다가 지금 오룡방 앞 관도 끝에 위치한 포구까지 한시도 쉬지 않고 달려왔으나 분타주가 말한 천면수라는 보이지 않았다.

그 대신 아팔개와 아구개(兒九丐)가 포구에서 기다리고 있다가 반갑게 강비를 맞이했다.

"전광신수가 배를 타고 떠나니까 그 여자가 급히 쾌속선 한 척을 빌려서 뒤쫓아 갔습니다."

"너희들 당장 가서 배 한 척 빌려 와라."

강비는 아팔개 말이 끝나자마자 둘의 등을 떠밀었다.

그러고 나서 급히 항상 지고 다니는 봇짐에서 먹통과 종이, 세필(細筆) 등 지필묵을 꺼내 일필휘지 서찰을 썼다.

그는 허공을 이리저리 둘러보다가 입을 오므려 비둘기 울음소리를 냈다.

"구구구우우… 구구……!"

잠시 후에 비둘기 즉, 전서구 한 마리가 어디에선가 날아와 그의 어깨에 날아내렸다.

그는 능숙한 솜씨로 전서구의 발목에 부착된 대롱을 열고 그 속에 돌돌 만 조그만 서찰을 집어넣고는 뚜껑을 닫고 전서구를 하늘로 날려 보냈다.

쏴아아…….

용림당이 정심천 끝자락 서호 합수 지점에 이르렀을 때 호수 너머에 새빨간 노을이 지기 시작했다.

진검룡은 현수란과 태동화를 만나기로 한 서호의 십엽루 앞쪽으로 가고 있는 중이다.

진검룡과 민수림은 선실 이 층 앞쪽 의자에 나란히 앉아서 전방 먼 곳의 노을을 바라보고 있다.

그런데 두 사람은 그냥 막연하게 노을을 바라보고만 있는 것이 아니라 민수림이 진검룡에게 전음입밀수법을 가르치고 있는 중이다.

"할 수 있겠어요?"

"해보겠습니다."

오룡방 앞 포구에서 용림당을 타고 여기까지 오는 반시진 동안 민수림은 전음입밀수법 전반에 걸쳐서 설명을 했으며 공력을 어떻게 운용하는지 직접 시범을 보였다.

진검룡은 그녀가 가르치는 동안 여러 번 입술을 오므리면서 머릿속으로 상상했던 것을 이번에는 실제로 시도해 보았다.

우선 공력을 목의 성대로 모으고 복화술을 하는 것처럼 배 속에서부터 말을 하며 그걸 공력에 실어서 목표로 삼은 민수림에게 보냈다.

[수림은 아름다워요.]

생전 처음으로 전음을 시도하는 것인데도 그는 거의 완벽에 가까울 정도로 성공했다. 스승이 잘 가르쳤고 배우는 제자가 천재이기 때문이다.

그런데 그는 자신의 첫 전음이 이처럼 잘될 것이라고 예상하지 못했기에 움찔 당황했다.

민수림은 뜻하지 않은 전음 내용을 듣고는 얼굴을 살짝 붉혔지만 거기에 대해서는 아무런 반응을 보이지 않았다.

"됐어요."

그녀가 그만하라는 식으로 말하자 진검룡은 첫 전음을 해 놓고 살짝 당황했으면서도 언제 그랬느냐는 듯 뻔뻔하게 할 말을 했다.

[수림을 좋아합니다.]

민수림은 노을을 바라보면서 고개를 끄떡였다.

"나도 노을 좋아해요."

진검룡은 조금 약이 올라서 그녀를 똑바로 쳐다보았다.

[노을 말고 수림을 좋아한다고요.]

민수림의 얼굴이 붉어졌는데 노을빛 때문인지 부끄러움인지 알 수가 없다.

"노을을 보고 있으면 차분해져요."

그녀가 자꾸 딴소리를 하니까 진검룡은 두 손으로 그녀의 양어깨를 잡고 똑바로 주시했다.

[내가 수림을 좋…….]

"아마 가족이 그리워서 그러는 거겠죠."

"……."

진검룡은 입을 다물었다. 민수림이 그의 입을 닫게 하려는 시도였다면 성공했다.

하지만 그녀는 원래 그런 얄팍한 수를 쓰지 않는다. 지금 그녀는 진지한 것이다.

그녀의 눈 가득 그리움이 젖어 들었다.

"내게도 가족이 있을까요?"

"수림……."

진검룡은 괜히 자신 때문에 민수림이 가족 생각을 하는 것이라는 자책감이 들었다.

푸드득…….

그때 머리 위에서 날개 퍼덕이는 소리가 들려서 두 사람은 동시에 위를 쳐다보았다.

한 마리 비둘기가 곧장 배를 몰고 있는 독보에게 빠른 속도로 쏘아 내렸다.

"대사형, 강비 형이 보낸 전서구예요."

잠시 후에 독보가 달려 올라와서 돌돌 말린 서찰을 주고는 서둘러 조타를 잡으러 돌아갔다.

진검룡은 강비와 독보가 서로 전서구를 주고받는 사이가 됐다는 사실을 지금 처음 알게 되어 신기하게 여기면서 서찰을 펼쳤다.

구깃구깃한 서찰에는 급히 휘갈겨 쓴 글이 적혀 있었다.

[대협, 미행이 있습니다. 그녀는 천면수라입니다. 아시겠지만

무림백대살수 중 한 명이며 가공할 살인 성공률의 소유자입니다. 붉은 삼각 깃발을 단 배에 천면수라가 탔습니다. 강비 올림.]

第二十五章

북두신검(北斗神劍)

"천……."

진검룡이 깜짝 놀라서 말하려는데 민수림이 재빨리 손을 뻗어 그의 입을 막았다.

부드럽고 따스한 그녀의 손에서 난향인지 화향인지 모를 그윽한 향기가 풍겨서 진검룡의 정신을 혼미하게 만들었다. 그래서 그는 지금이 어떤 상황인지를 망각한 채 혼곤한 기분으로 눈을 감았다.

'아… 좋구나…….'

[할 말이 있으면 전음으로 해요.]

민수림은 천면수라가 누군지 모르지만 서찰의 내용으로 미루어 대단한 고수일 것 같아서 조심을 기했다.

천면수라가 미행을 하고 있다면 여기에서 말하는 육성을 들을 수도 있을 것이기 때문이다.

진검룡은 천면수라가 누군지 모르지만 범상치 않은 별호에서 섬뜩함과 잔인함을 느꼈다.

[수림은 천면수라가 누군지 압니까?]

민수림이 기억을 잃었지만 혹시나 하는 생각에 그렇게 물어보았다.

[몰라요.]

민수림은 자연스럽게 상체를 돌리면서 흘러내린 머리카락을 쓸어 올리며 슬쩍 뒤쪽을 살폈다.

그러고는 강비가 보낸 서찰에 적힌 대로 붉은 삼각 깃발을 단 배와 그곳 앞쪽 갑판에 우뚝 서 있는 한 사람을 어렵지 않게 발견했다.

민수림은 얼굴을 다른 곳으로 향한 상태에서 눈동자만 굴려 그 사람을 보았다.

남의를 입은 이십오 세 정도의 제법 아름다운 여자가 산천경개를 구경하듯 이리저리 둘러보고 있다.

그렇지만 여자의 속눈썹 한 가닥까지 또렷하게 보이는 민수림의 시력은 그녀가 이쪽의 용림당을 살피고 있다는 사실을 간파했다.

민수림은 그녀가 천면수라일 것이라고 확신했다. 하지만 아직은 그녀를 제압해야겠다는 생각을 하지 않았다. 그녀의 의도가 무엇인지 정확하게 모르기 때문이다.

또한 강비가 전서구를 보냈으므로 그는 천면수라가 어떤 인물인지 알고 있을 테니까 그를 만나본 이후에 천면수라를 제압해도 늦지 않다.

민수림은 천면수라를 좀 더 자세히 살펴보기 위해서 선실로 들어갔다.

[검룡은 거기에 있어요.]

진검룡은 선실로 따라 들어가려다가 민수림의 제지를 받고 다시 의자에 앉았다.

민수림은 선실 안에서 뒤쪽의 창을 아주 조금 열고 그 틈으로 미행자를 살펴보았다.

민수림이 선실 밖에서 천면수라를 살피면 눈에 띄겠지만 선실 안에서는 창틈에 눈만 대기 때문에 들킬 확률이 현저하게 떨어진다.

민수림이 선실 안에 들어갔고 진검룡은 선실 앞쪽 의자에 앉아 있기 때문에 뒤쪽 배에서 볼 때는 두 사람 다 보이지 않는 상황이다.

민수림이 시력을 돋우자 시야에 뒤쪽 배의 천면수라가 이쪽을 향해 서 있는 모습이 가득 들어왔다.

머리카락과 옷자락을 바람에 날리면서 서 있는 천면수라는 무기를 지니고 있지 않았지만 민수림은 일류고수 이상의 실력자라는 것을 한눈에 간파했다.

그때 민수림의 눈이 조금 커졌다. 갑자기 천면수라의 얼굴이 변하기 시작한 것이다.

방금 전까지 이십오륙 세의 꽤나 아름다운 용모였는데 잠시 사이에 삼십 대 후반의 평범한 용모를 지닌 여자의 모습으로 변해 버렸다.

'이체변용신공.'

민수림은 기억을 잃었지만 방금 천면수라가 전개한 수법은 한눈에 알아보았다.

과거에 대한 기억을 잃었지만 지식 전반에 걸친 기억은 또렷하게 남아 있다는 사실이 신기했다.

민수림이 선실에서 나오자 진검룡이 전음으로 물었다.

[천면수라를 봤습니까?]

[네.]

민수림은 자신이 보고 판단한 천면수라에 대해서 진검룡에게 설명해 주었다.

얘기를 다 듣고 난 진검룡은 적잖이 놀라는 표정을 지었다.

[수림이 보고 있는 동안에 얼굴이 변하더라는 겁니까? 어떻게 그럴 수가 있습니까?]

그는 전음을 몇 번 해보지 않았지만 오랫동안 사용한 것처럼 완벽하게 구사했다.

[이체변용신공이라는 수법이에요. 공력이 이백 년 이상이어

야만 전개할 수 있어요.]

진검룡은 불안하기보다는 성가신 듯한 표정을 지었다.

[천면수라가 무엇 때문에 우리를 미행하는 겁니까?]

[모르겠어요.]

진검룡은 자신의 생각을 얘기했다.

[천면수라가 청부살수라면 혹시 오룡방주가 날 죽이라고 청부한 것이 아닐까요?]

민수림은 고개를 가로저었다.

[불가능해요.]

[어째서 그렇죠?]

[살수에게 살인을 청부하려면 꽤 시일이 걸리는 것으로 알고 있어요.]

[얼마나 걸립니까?]

[빨라야 한 달이고 보통 두세 달은 걸려요.]

[그렇다면 오룡방주 손록이 청부한 것은 아니로군요.]

진검룡이 손록을 따끔하게 혼내주고 수하로 삼은 것이 바로 오늘이었으므로 그가 살수에게 청부한 것은 아니다.

그런데 문득 진검룡은 몸을 돌려서 민수림을 말끄러미 응시하면서 물었다.

[그런데 수림은 기억을 잃었으면서 어떻게 그런 것들을 다 알고 있는 겁니까?]

민수림은 애매한 표정을 지었다.

[나도 모르겠어요.]

슥.

진검룡은 어디에서 용기가 생겼는지 갑자기 두 손으로 민수림의 양 뺨을 잡더니 자신의 얼굴을 그녀의 얼굴 가까이에 들이밀고 빤히 들여다보았다.

[잘 생각해 봐요.]

그가 민수림의 기억을 되살리려고 애쓰는 것 같아서 그녀는 뿌리치지 않고 크고 아름다운 눈을 깜빡거리며 착잡한 표정을 지었다.

[그렇지만 아무것도 생각나지 않아요.]

진검룡은 그녀 얼굴에 자신의 얼굴을 더욱 가깝게 가져갔다.

[잘 생각해 보십시오.]

두 사람 얼굴이 손가락 한 마디 정도로 가까워졌고 진검룡이 말할 때 입김이 민수림 얼굴에 훅! 끼쳤다.

민수림은 씁쓸한 표정을 지었다.

[아무리 생각해도…….]

말하다가 그녀는 뚝 멈추었다. 진검룡의 입술이 그녀의 입술에 살짝 닿았기 때문이다.

그러자 진검룡은 눈을 감고 무척이나 황홀한 표정으로 몸을 부르르 떨었다.

"으흐흐……."

너무 좋아서 전음이 아니라 육성으로 괴이한 신음 소리가 흘러나왔다.

다음 순간 민수림의 아미가 초승달처럼 꺾이더니 그녀의 주먹이 진검룡 가슴 한복판에 꽂혔다.

뻑!

"꾸애액!"

진검룡은 구슬픈 비명 소리를 길게 토하면서 밤하늘로 멀리까지 날아갔다.

그 소리를 듣고 독보가 놀라서 부르짖었다.

"아앗! 대사형!"

독보는 오 장이나 멀리 날아가서 호수에 떨어진 진검룡을 구하려고 용림당의 뱃머리를 돌렸다.

"대사형! 소제가 구해 드리겠습니다! 조금만 기다리십시오!"

그때 선실 이 층에서 민수림의 조용한 목소리가 들렸다.

"보야, 그냥 가자."

"네! 누님!"

독보는 힘차게 대답했다. 요즘 독보는 진검룡보다 민수림을 훨씬 더 좋아하게 되었다.

사실 민수림이 틈날 때마다 그에게 자잘한 무공을 가르쳐 주기 때문이다.

민수림은 저 멀리 호수에 빠져서 허우적거리고 있는 진검룡을 보면서 손으로 살며시 입술을 만졌다.

'감히!'

원래 그녀의 일권은 한 자 두께의 강철조차도 관통할 수 있지만 방금 전에는 단지 진검룡을 멀리 날려 보내는 용도로만 사용했다.

민수림의 명령을 좇은 독보는 끝내 호수에 빠진 진검룡을 구하지 않았다.

진검룡은 밤 호수를 반시진 넘게 헤엄쳐서 약속 장소에 간신히 도착하고는 용림당에 올라서 뻗어버렸다.

약속 장소에는 현수란과 태동화가 미리 나와 있다가 용림당을 맞이했다.

현수란이 타고 온 십엽루의 거선과 태동화가 타고 온 연검문의 거선과 닿아 있는 용림당은 어른과 어린아이처럼 크기에서 차이가 많이 났다.

용림당 앞쪽 갑판에 흠뻑 젖은 채 큰대자로 누워서 헐떡거리고 있는 진검룡을 발견한 현수란과 태동화가 크게 놀라서 그에게 달려들어 부축하여 일으켰다.

"진 대협! 이게 무슨 일입니까?"

"진 대협! 괜찮습니까?"

"에구구… 실수로 호수에 빠졌소."

진검룡은 흑심을 품고 민수림에게 입을 맞췄다가 그녀에게 한 대 호되게 얻어맞고 날아가서 죽을 뻔했다는 말은 절대로 할 수가 없다.

민수림은 선실 안에서 창틈으로 천면수라의 동태를 한 번 더 살펴보았다.

천면수라가 탄 배는 멀리 삼십여 장 거리 어둠 속에 멈춰서 잔물결에 일렁거리고 있다.

이곳 수면에는 서호 동편의 호숫가에 늘어선 백여 채 기루에서 나온 유람선 수십 척이 떠 있으므로 천면수라가 탄 배는 그 속에 섞여서 자연스럽게 위장되었다.

민수림은 그 배 외부에 천면수라가 보이지 않지만 그녀가 아직 그곳에 있다는 것을 확신했다.

천면수라가 그 배를 떠났다면 파공음이 생겼을 테고 그러면 민수림이 감지하지 못할 리가 없기 때문이다.

선실에서 나온 민수림이 일 층 갑판으로 내려오자 진검룡을 부축하고 있는 현수란과 태동화가 예를 취했다.

"소저."

진검룡은 감히 민수림과 눈을 마주치지 못하고 얼른 고개를 돌렸다.

그때 민수림이 그를 지나치면서 냉정한 목소리로 말했다.

"똑바로 걷지 못하겠어요?"

"넵!"

진검룡은 힘차게 대답하면서 현수란과 태동화의 손을 뿌리치고 똑바로 걸어 민수림을 따라갔다.

현수란과 태동화는 날고 기는 진검룡이 민수림에게 꼼짝도 하지 못하는 것을 보고 빙그레 미소 지었다.

두 사람은 진검룡과 민수림이 연인 관계일 것이라고 짐작하고 있었다.

오래지 않아서 강비가 합류했다.

진검룡 민수림 일행은 용림당이 좁아서 현수란이 타고 온 거선 이 층 선실에 자리를 잡았다.

현수란은 늘 데리고 다니는 삼엽을, 태동화는 쌍비연 정무웅을 데리고 왔다.

커다란 탁자에는 현수란의 숙수들이 가져온 진귀하고 맛있는 갖가지 요리와 술이 가득 차려져 있다.

태동화는 자신이 매우 아끼는 최고급 명주(名酒) 몇 병을 갖고 왔다.

다들 자리에 둘러앉아서 몇 차례 술잔이 돌았지만 삼엽과 정무웅은 각각 현수란과 태동화 뒤에 우뚝 선 채 요지부동 움직이지 않았다.

진검룡이 삼엽과 정무웅에게 앉으라고 손짓을 했다.

"두 사람도 앉아서 같이 먹읍시다."

삼엽과 정무웅은 흠칫했지만 여전히 움직이지 않았다. 상전과 사부하고는 합석을 할 수 없기 때문이다.

진검룡은 두 사람이 버젓이 서 있는데 먹고 마시려니까 목구멍에 자꾸만 걸렸다.

집에 계신 사모님의 평소 지론이 먹는 사람과 먹지 않는 사람 편 가르지 말라는 것이다.

진검룡은 현수란에게 물었다.

"저 삼엽 이름이 무엇이오?"

이십이삼 세 나이에 귀여운 용모의 소녀인 삼엽은 진검룡의 말에 흠칫 놀라는 표정을 지었다.

현수란이 미소 지으며 대답했다.

"은조(殷照)예요."

진검룡은 정무웅과 삼엽 은조를 불렀다.

"정 형, 은 매. 어서 앉으시오."

정무웅과 은조는 진검룡이 서슴없이 형과 매라고 부르자 흠칫 놀랐다.

"두 사람은 태 문주와 현 루주의 제자와 수하가 아니라 내 친구니까 앉아도 되오."

파격이다. 정무웅과 은조는 졸지에 진검룡의 친구가 되었다.

"혹시 내 친구가 되는 게 싫은 거요?"

두 사람은 대답하지 않고 머뭇거렸다.

진검룡은 한 사람씩 캐물었다.

"정 형, 나와 친구 하는 게 싫소?"

정무웅은 세차게 고개를 가로저었다.

"그럴 리가 있겠습니까? 그렇지만 어찌 제가 감히 대협과 호형할 수 있겠습니까?"

사부인 태동화조차도 진검룡을 깍듯이 '대협'이라 호칭하고 존대를 하거늘 어찌 제자인 자신이 진검룡과 호형하면서 친구가 될 수 있겠느냐는 말이다.

*   *   *

진검룡은 정무웅과 태동화를 번갈아 쳐다보았다.

"내가 정 형과 친구가 되면 정 형의 사부이신 태 문주께선 내게 사부와 같은 분이 되는 것이 아니겠소?"

그의 말인즉 현재 태동화가 진검룡에게 공손하게 대하는 관계인데 정무웅과 친구가 되기 위해서라면 태동화를 사부처럼 모셔도 상관이 없다는 뜻이다.

그의 말에 좌중의 사람들이 모두 크게 놀랐지만 누구보다 놀란 사람은 정무웅이다.

그는 크게 놀라고 또 감동한 표정으로 진검룡을 바라보았다.

태동화는 일어나서 진검룡에게 정중히 포권했다.

"진 대협께서 불초의 제자 정무웅과 친구가 되더라도 불초를 사부처럼 모시지 않아도 됩니다. 진 대협의 정의로운 마음에 불초는 감탄해 마지않습니다."

진검룡이 정무웅을 친구로 맞이해도 태동화 자신은 진검룡을 지금처럼 대협으로 대하겠다는 뜻이니 그의 공명정대함을 잘 알 수 있는 말이다.

정무웅은 진검룡에게 포권지례를 해 보이면서 떨리는 목소리로 말했다.

"정 모는 감히 대협의 말씀을 받아들이기 어렵습니다."

태동화가 정무웅을 꾸짖었다.

"웅아, 겸손과 사양도 지나치면 실례이니라. 진 대협께서 저렇게 말씀하시는데 네가 자꾸 사양한다면 진 대협을 무안하게 만드는 일임을 명심해라."

그때 민수림이 조용히 일어나서 선실 밖으로 나갔다.

다들 그녀를 쳐다보며 의아한 표정을 지었지만 아무도 뭐라고 말하지 않았다.

그녀가 바람을 쐬거나 볼일을 보러 나가는 것이라고 여겼기 때문이다.

사실 그녀는 한동안 곰곰이 생각하다가 천면수라를 제압하기로 결정을 내렸다.

천면수라의 표적이 자신이라는 판단을 내렸기 때문이다.

민수림은 자신이 천면수라를 충분히 제압할 수 있을 것이라고 믿었다.

천면수라가 흘려내는 기도나 기척 같은 것들이 초극고수의 그것은 아니라고 판단했다.

민수림은 거선의 뒤쪽 갑판으로 천천히 걸어가다가 끝 쪽에 멈추었다.

그곳에서 천면수라가 탄 붉은 삼각 깃발을 단 배와의 거리는 삼십여 장으로 매우 멀었다.

천면수라는 어느 누구라도 자신을 공격하지 못할 것이라고 생각할 것이다.

자신이 탄 배가 호수 한가운데 떠 있기 때문에 배를 타지 않고는 접근할 수가 없기 때문이다.

슷······.

민수림의 발끝이 살짝 갑판 바닥을 박차고 전방의 밤하늘로 둥실 떠오르는가 싶더니 붉은 삼각 깃발을 단 배를 향해 행운유수처럼 날아갔다.

민수림 수준이면 거리가 백 장이든 천 장이든 마음먹은 대로 끝없이 날아갈 수 있다.

선실 안에서 창틈으로 밖을 내다보고 있던 천면수라는 한순간 화들짝 놀랐다.

그녀가 쫓고 있는 표적 즉, 민수림이 탄 배의 뒤쪽 갑판에서 훌쩍 밤하늘로 솟구쳤다가 곧장 이 배를 향해 쏘아오고 있는 것을 발견했기 때문이다.

민수림은 경이롭게도 우뚝 선 자세에 옷자락을 날리면서 표표히 뒷짐을 진 채 삼십여 장 거리를 날아오고 있다. 물론

일체의 파공음이나 기척조차 나지 않았다.

천면수라가 직접 눈으로 보지 않았다면 아무것도 감지하지 못했을 것이다.

천면수라의 두 눈이 찢어질 듯이 부릅떠졌다. 대저 당금 무림에 삼십여 장 거리를 단번에 날아올 수 있는 초극고수가 몇 명이나 되겠는가.

장담하건대 채 열 명을 넘지 않을 것이다. 그리고 사람들은 그들을 우내십절이라고 부를 터이다.

천면수라는 창이 심장에 정통으로 꽂힌 것처럼 몸을 부르르 격하게 떨었다.

'맙소사……! 천상옥녀(天上玉女)였어…….'

천면수라의 상식으로 삼십여 장 거리를 단숨에 날아올 수 있는 초극고수는 전 무림을 통틀어서 우내십절 정도뿐이다.

또한 천면수라가 아까 관도에서 우연히 발견하여 긴가민가하는 마음으로 쫓고 있는 인물은 천상옥녀였다.

남천북성 중에서 북성 천군성(天軍城)의 성주이며 일찍이 천하제일미로 미명을 날린 사람이 바로 천상옥녀다.

천면수라는 지금 삼십여 장 밤하늘을 가로질러 자신을 향해서 똑바로 날아오고 있는 여자가 천상옥녀일 것이라고 확신했다.

그렇다면 천면수라가 도망친다거나 대적한다는 것은 우매하기 짝이 없는 일이다.

상대는 천하제일인, 혹은 무림제일인의 자리를 놓고 몇 년째 우내십절의 아홉 명과 다투고 있는 천군성주 천상옥녀이기 때문이다.

천면수라의 얼굴에 착잡함과 절망감이 살얼음처럼 얇게 깔렸다가 곧 체념의 표정으로 바뀌었다.

그녀는 한숨을 호로록 내쉬고 선실 밖으로 나가 앞쪽 갑판으로 걸어갔다. 모든 것을 체념한 듯 허탈한 표정이고 힘없는 걸음걸이다.

현재 그녀는 이십 대 중반의 매우 아름다운 미모를 지닌 여자의 모습이다.

그때 마침 걸어가는 천면수라 전면의 갑판에 민수림이 막 내려서고 있다.

민수림은 뒷짐을 진 자세를 풀지 않은 채 갑판에 내려서 추호의 기척도 없이 천면수라를 오연히 바라보았다.

"네가 천면수라냐?"

천면수라는 이 목소리를 익히 알고 있다. 고요하면서 사근사근하고 청아하면서 차가운 목소리다.

사실 천면수라는 낙양에 있는 천군성에서 천상옥녀를 딱한 번 알현한 적이 있는데 주위에 절정고수들이 구름처럼 우글거렸으며 너무도 엄중한 분위기여서 감히 천상옥녀를 똑바로 바라보지 못했다.

그 당시 천면수라는 바닥에 납작하게 부복하여 저 멀리 십여 장 전면 계단 위의 커다란 태사의에 앉아 있는 천상옥녀가 하문하는 말에 대답을 하느라 순간적으로 고개를 들고 그녀를 쳐다본 것이 전부였다.

천면수라는 즉시 무릎을 꿇고 부복하며 이마를 바닥에 대고 공손히 대답했다.

"그렇습니다."

천면수라 머리 위로 민수림의 조용하면서도 서늘한 목소리가 흘러내렸다.

"너는 내가 누군지 아느냐?"

"……."

문득 천면수라는 민수림의 물음이 뭔가 조금 이상하다는 생각이 들었다.

어찌 들으면 '너는 내가 누군지 알면서도 어찌 감히 미행을 하는 것이냐?'라는 호통으로 해석할 수도 있지만, 또 달리 들으면 자신이 누군지 몰라서 자신의 신분을 묻는 것처럼 들리기도 했다.

천면수라는 천군성에 있어야 할 천상옥녀가 일만 리나 멀리 떨어진 이런 곳에 있는 것이나 입고 있는 복장 같은 것을 봤을 때 어쩌면 후자일 수도 있다고 짐작했다.

짐작이 틀릴 수도 있지만 틀리면 틀리는 대로 빠져나갈 방법을 찾으면 된다.

"모… 릅니다."

"그런데 어째서 내게 부복하는 것이냐?"

"당신이 나보다 고강하다고 판단했으므로 무조건 승복하는 것이 이로울 것이라고 판단했습니다. 고분고분하면 저를 죽이지 않겠지요?"

천면수라는 자신이 천상옥녀의 수중에서 살아 나갈 수 있는 가능성을 모험에 걸었다.

"왜 우리를 미행하는 것이냐?"

천면수라는 답변이 궁해졌지만 당황하지 않고 교묘하게 빠져나갔다.

"당신을 미행한 것이 아닙니다."

민수림을 미행한 것이 아니라면 진검룡에게 용무가 있어서 미행했다는 애긴데 천면수라는 그가 누군지도 모른다.

그러면서도 포기하지 않았다. 여기에서 포기한다는 것은 죽음을 의미한다.

"누가 무엇을 시켰기에 그를 미행하느냐?"

거짓말이 일단 먹히는 것 같으므로 천면수라는 두뇌를 최대한 가동시켰다.

"입을 열게 해주랴?"

천면수라가 궁리를 하느라 대답하지 않자 민수림이 조용한 말로 으름장을 놓았고 천면수라는 움찔 몸을 떨었다.

절대자인 천상옥녀가 강제로 입을 열게 한다는 것은 모르긴 해도 죽음보다 더한 고통이 따를 터이다.

그렇게 되면 천면수라는 자신이 알고 있는 것들을 하나에서 열까지 죄다 털어놓을 것이다, 그러므로 그런 상황까지는 가지 말아야 한다.

절대자 면전에서는 어느 누구라도 예외가 없다. 어물쩍거리다가는 치도곤을 당하고 말 것이다.

"나… 남천이 시켰습니다."

천면수라는 일부러 더듬거리면서 대답했다. 다급해서 튀어나온 말이 아니라 냉철한 계산 후에 나온 대답이다. 진검룡이 누군지 전혀 모르지만 천상옥녀의 일행이라면 대단한 인물일 것이라고 짐작했다.

또한 이곳은 항주이므로 남천 검황천문의 세력권에 속하니까 남천이 시켰다고 둘러댔다. 나중에야 어떻게 되든지 간에 우선 살아나고 봐야 할 일이다.

"검황천문 말이냐?"

민수림은 오늘 오룡방주 손록의 실토를 듣지 않았다면 남천이 무슨 뜻인지 몰랐을 것이다. 손록은 오룡방이 남천 검황천문 휘하라고 털어놓았다.

그래서 검황천문이 진검룡에게 무슨 짓을 하라고 시켰을 수도 있다고 여기는 것이다.

"그렇습니다."

"무엇을 시켰느냐?"

"그를 죽이라고 저에게 청부했습니다."

민수림은 아미를 찌푸렸지만 바닥에 이마를 대고 있는 천면수라는 그걸 보지 못했다.

천면수라로선 지금 같은 상황에서는 쓸데없는 행동을 일절 하지 않는 것이 최선이다.

현재 천면수라는 한낱 벌레나 다름이 없는 상황이다. 상대는 천하무림에서 다섯 손가락 안에 꼽히는 초극고수, 아니, 초초극고수다.

민수림이 발로 밟으면 천면수라 같은 벌레는 그저 짓밟혀서 죽을 수밖에 없다.

그러므로 최대한 자신을 낮추고 상대의 명령에 절대적으로 복종하는 길이 최선이다.

천상옥녀 같은 절대자는 성격이 괴팍해서 눈곱만큼이라도 심기를 건드렸다가는 그 길로 곧장 죽음이다.

민수림은 얼음 가루를 날리듯이 차갑게 중얼거렸다.

"그가 손록을 수하로 삼은 것이 오늘 낮 일인데 검황천문이 벌써 너에게 청부를 했다는 말이냐?"

그것은 누가 봐도 이상한 일이다. 그렇지만 천면수라로서는 드디어 해답이 나왔다.

생판 일면식도 없는 청년을 남천이 죽이라고 청부를 했다는 말도 안 되는 말로 둘러댔는데 마침내 남천이 어째서 청년을 죽여야 하는지 이유가 나온 것이다.

천면수라의 두뇌가 비상하게 회전했다. 오늘 낮에 천상옥녀와 같이 있는 청년이 어떤 방법으로든지 오룡방주 손록을 수하로 삼았다는 것이다.

그런데 천상옥녀는 오룡방의 일을 당연히 검황천문이 관여해야 하는 것처럼 말했다. 마치 수하의 일을 상전이 처리하는 것처럼 말이다.

그렇다는 것은 오룡방이 검황천문 휘하이기 때문이다. 그것은 천면수라가 몰랐던 사실이다.

천면수라는 더욱 고개를 조아렸다.

"제가 마침 남경에서 항주로 이동하는 중이었는데 그 사실을 검황천문이 알고서 청부를 했던 것입니다."

천면수라는 자신의 거짓말이 완벽하기 때문에 어느 누구든 속지 않을 수 없다고 확신했다.

더구나 지금처럼 고개를 숙이고 있으면 미세한 표정의 변화도 감출 수 있으므로 더욱 완벽하다.

"검황천문 따위가 감히 북두신검을 죽여달라고 청부했다는 것이냐?"

'북두신검……'

부복해 있는 천면수라의 몸이 움찔 떨렸다.

민수림은 전광신수라는 생경한 별호보다는 오래전부터 알고 있었던 것 같은 느낌의 북두신검이라는 별호가 훨씬 마음에 들었다.

그녀는 평소 마음속으로 진검룡이 북두신검이라는 생각을

늘 하고 있었으므로 무심코 북두신검이 불쑥 튀어나왔어도 이상한 일이 아니다.

그렇다고 천면수라에게 진검룡의 이름을 밝힐 수는 없는 노릇이다.

천면수라는 예전에 사부에게서 북두신검이라는 별호를 들어본 적이 있다.

과거에는 존재한 적이 없었으며 현재도 존재하지 않는, 그러나 언젠가 알 수 없는 미래에 출현하여 천하를 평정할 것이라는 예언 속의 절대자가 바로 북두신검이다.

그런데 천상옥녀와 같이 있는 잘생긴 젊은 청년이 전설상의 북두신검이라는 것이다.

천면수라는 너무 놀라서 자신도 모르게 고개를 들었다.

마침 민수림도 차디찬 얼굴로 그녀를 굽어보고 있다가 두 사람의 시선이 마주쳤다.

"……!"

민수림을 두 자도 안 되는 가까운 거리에서 본 천면수라는 그대로 얼어붙었다.

천하절색의 미녀가 죽을 때까지 잊지 못할 싸늘한 표정을 지으며 천면수라를 굽어보고 있다.

이 년 전 천면수라가 십여 장 먼발치에서 아주 잠깐 봤던 천군성주 천상옥녀가 바로 거기에 있었다.

천면수라는 더 이상 의심의 여지 없이 눈앞의 여자가 천상옥녀 혹은 천군태후(天軍太后)라고도 불리는 천군성주가 분명하다고 확신했다.

민수림이 자신을 빤히 올려다보고 있는 천면수라에게 조용히 물었다.

"너 이름이 무엇이냐?"

천면수라는 떨리는 목소리로 겨우 말했다.

"청… 랑(晴朗)입니다……."

"진면목을 보여라."

민수림은 천면수라가 이체변용신공을 전개하는 것을 직접 목격했었다.

그녀의 한마디 한마디는 곧 지상명령이다. 불응하면 죽음이다. 두말할 필요가 없다.

그것은 천면수라 청랑만 느끼는 것이 아닐 터이다. 어느 누구라도 천군성주인 천상옥녀 앞에서는 심장이 오그라들어서 최면에 걸린 듯이 명령에 따르고 말 테니까 말이다.

第二十六章

황홀경

스스으으⋯⋯.

청랑은 이끌리듯이 이체변용신공을 해제했다. 그녀는 하루 종일 상시 이체변용신공을 전개하고 있으며 심지어 잘 때도 풀지 않는다.

그러니까 그녀가 이체변용신공을 해제하여 진면목을 드러내는 것은 약 삼 년 만의 일이다.

민수림은 이체변용신공을 해제한 청랑이 고개를 푹 숙이고 있는 것을 보고 명령했다.

"고개를 들어라."

청랑은 너무 오랫동안 자신의 진면목을 보지 않아서 두렵

기도 하지만 한편으로는 궁금하기도 했다. 하지만 그녀는 원래 자신의 용모에는 별다른 관심이 없었다.

청랑이 조심스럽게 고개를 들자 그녀를 보던 민수림의 얼굴에 얼핏 어이없는 표정이 떠올랐다.

"너 몇 살이냐?"

청랑의 얼굴이 너무 앳되기 때문이다.

"열아홉입니다."

"거짓말하면 죽는다."

"저… 정말입니다. 제가 원래 어려 보여서 그렇습니다."

청랑은 정말 어려 보였다.

하얗고 갸름한 얼굴에 눈이 얼굴의 절반을 차지할 만큼 크고 마늘쪽처럼 오똑한 콧날과 장미 꽃잎을 문 것 같은 작고 새빨간 입술.

귀 옆에 솜털이 보송보송하며 새카맣고 긴 눈썹이 쫑긋거리는 것이 영락없는 십오륙 세 어린 소녀의 모습이다.

어쨌든 무림에 살명이 쟁쟁한 천면수라가 앳된 십구 세 소녀라는 것은 놀라운 사실이다.

민수림이 엄하게 물었다.

"너는 천면수라가 아니잖느냐?"

청랑은 기어드는 목소리로 대답했다.

"사부께서 천면수라입니다."

그럼 그렇지, 천면수라는 삼십여 년 전부터 명성을 날렸는데 십구 세 소녀가 천면수라일 리가 없다.

"어째서 네가 천면수라 행세를 하고 다니느냐?"

"사부님의 유언이었어요."

민수림의 두 눈이 영특하게 반짝였다.

"천면수라가 죽었다는 말을 들은 적이 없다."

"그것은······."

민수림은 천면수라에 대한 기억이 없지만 앞질러 갔다. 그녀는 청랑이 자신의 신분을 알고 있으면서도 수작을 부리고 있는 것일지도 모른다는 의심을 했다.

청랑의 진면목이 삼십 세만 됐어도 그런 의심을 하지 않았을 텐데 겨우 십구 세짜리가 사부의 유언이랍시고 천면수라 행세를 했기 때문이다.

"너는 내가 천면수라를 모를 것이라고 생각했느냐?"

민수림은 십오 세처럼 보이는 십구 세 청랑의 동공이 자신을 올려다보며 살짝 흔들리는 것을 놓치지 않았다.

바로 그때, 청랑은 상체 몇 군데가 뜨끔하면서 몸이 마비되고 동시에 정신이 흐려지는 것을 느끼고는 전력을 다해서 튀어 올라 도망치려고 했다.

그러나 그런 생각이 아주 잠깐 들었을 뿐 곧 깊은 늪 속에 빠져들었다.

그때 민수림은 희한한 장면을 보게 되었다.

스스으······.

무릎을 꿇은 채 옆으로 쓰러져 있는 청랑의 얼굴이 변하고 있는 것이다.

어떤 이유인지는 모르지만 아마도 그녀의 이체변용신공은 무의식 상태에서도 작동을 하는 것 같았다.

잠시 후 청랑은 삼십 대 중반 요염한 숙녀의 모습으로 변해 있었다.

그걸 보고 민수림은 어쩌면 청랑의 진면목이 지금 이 모습일지 모른다는 생각을 했다.

말하자면 십오 세처럼 보이는 십구 세는 청랑이 거짓으로 꾸몄을지도 모른다는 것이다. 그렇지 않고서야 정신을 잃자마자 저절로 얼굴 모습이 바뀌겠는가.

민수림은 제압한 청랑을 데리고 가서 용림당 갑판 아래 선실에 가두어두려고 했다.

그러나 진검룡을 비롯한 사람들이 갑판으로 다 나와서 그녀를 찾고 있는 바람에 그럴 수 없게 되었다.

진검룡과 현수란, 태동화, 정무웅, 은조 등이 갑판에 서서 두리번거리고 있을 때 호수 위 어둠 속 허공에서 민수림이 모습을 드러냈다.

"아… 저기예요!"

누구의 입에서인지 나직한 탄성이 흘러나왔다.

모두들 일류고수 이상의 수준이라서, 비록 밤이지만 민수림이 저 멀리 수면 위 허공에 우뚝 선 채 표표히 날아오고 있는 모습을 똑똑히 볼 수 있었다.

현수란 등이 본 것은 민수림이 십오류 장 거리의 밤하늘 허공을 날아오는 것이지만, 그 너머 십오류 장 거리에 한 척의 배가 떠 있으므로 거기에서부터 날아오는 것임을 미루어 짐작할 수가 있었다.

현수란 등은 민수림이 자신들보다 고강한 고수일 것이라고 짐작했다.

그러나 지금 보니까 더 고강한 정도가 아니라 민수림은 아예 현수란 등하고 비교하는 것 자체가 불가한 아득히 높은 수준의 초극고수다.

모두들 말을 잃고 바라만 보고 있는 중에 민수림이 갑판에 추호의 기척도 없이 내려섰다.

사람들은 민수림이 어깨에 메고 있는 여자를 쳐다보았다.

민수림이 삼십 대 중반의 얼굴을 한 청랑을 바닥에 내려놓자 진검룡이 물었다.

"수림, 그녀는 누구입니까?"

민수림은 태연하게 대답했다.

"천면수라예요."

현수란과 태동화 등은 삼십 대 여자 모습으로 변한 청랑을 보면서 경악에 가까운 표정을 지었다.

민수림은 청랑을 용림당 갑판 아래 선실에 가두고 십엽루 거선에 합류했다.

천면수라 청랑을 제압하러 간 동안에도 몹시 술이 마시고 싶었던 민수림은 자리에 앉자마자 진검룡이 따라준 술을 연거푸 다섯 잔이나 마셨다.

"하아……."

그제야 마음이 놓이는지 그녀는 편안한 얼굴로 긴 한숨을 내쉬었다.

정무웅과 은조는 아직 진검룡과의 서열 정리가 끝나지 않았기에 여전히 서 있었다.

민수림은 실내의 어색한 분위기를 어렵지 않게 간파하고 정리가 필요하다고 생각했다.

"검룡, 아직 정리되지 않은 건가요?"

"그렇습니다."

"뭐가 문제죠?"

민수림이 자신들을 쳐다보자 정무웅과 은조는 움찔 가볍게 몸을 움츠렸다.

정무웅이 몸을 꼿꼿하게 세우고 두 팔을 양쪽 옆구리에 붙이면서 낭랑한 목소리로 외치듯 말했다.

"저는 아무 문제가 없습니다! 진 대협과 친구가 되고 싶습니다! 정말입니다!"

민수림이 가볍게 고개를 끄떡였다.

"그럼 앉아요."

정무웅은 태동화에게 깊숙이 허리를 굽히고 난 후에 그의 옆에 앉아서 허리를 꼿꼿하게 폈다. 그가 앉은 자리는 진검룡의 맞은편이다.

진검룡이 기다렸다는 듯이 싱글벙글 웃으면서 그에게 빈 잔을 내밀었다.

"정 형, 한잔 받게."

"고… 맙네."

정무웅은 더듬거리면서도 환하게 미소 지었다.

남자들은 보통 금세 친구가 되고 짧은 시간에 생긴 우정이 죽을 때까지 가는 경우가 비일비재하다.

민수림이 이번에는 은조를 쳐다보았다. 정무웅은 친구가 됐는데 너는 어떻게 하겠느냐는 뜻이다.

은조는 조금 긴장한 듯 작게 한숨을 토해내더니 진검룡을 보면서 물었다.

"진 대협, 몇 살이죠?"

"스무 살이오."

은조는 용기를 내서 말했다.

"저는 스물두 살이에요."

"그래서요?"

"진 대협보다 제가 두 살 더 많아요."

"괜찮소. 정 형하고도 친구가 됐는데 뭐 어떻소?"

진검룡은 스물네 살인 정무웅하고 친구가 된 것을 네 살이나 어린 자신이 손해를 보면서까지 친구가 돼주었다는 뜻으로 말한 것이다.

하지만 은조의 생각은 달랐다.

"내가 누나예요."

그 순간 진검룡을 비롯한 중인은 은조가 무엇을 요구하고 있는지 일제히 깨달았다.

진검룡은 환하게 깨달은 표정을 지으면서 반색을 하며 벌떡 일어섰다.

"어휴! 그러셨어요? 내가 미처 거기까지는 생각하지 못했소. 진작 말하지 그랬소? 정말 미안하오."

"괜찮아요."

은조는 보일 듯 말 듯 미소를 지었다. 자신보다 나이가 두 살이나 어린 진검룡을 동생이라고 생각하는 그녀는 이로써 자신이 그의 누나가 되었다고 생각했다.

그래야지만 동등한 입장이 되는 것이다. 최소한 그녀의 상식으로는 그렇다.

진검룡은 다시 앉으면서 정중하게 말했다.

"그렇지만 나는 아직 누님을 모실 생각은 없소."

"네?"

갑자기 은조의 얼굴이 해쓱하게 변하고 두 눈이 화등잔처럼 커졌다.

진검룡은 그녀를 누나로 모시지도 않고 친구로 생각하지도 않겠다는 뜻이다. 그 말인즉 그녀하고는 가까이 지내지 않겠다는 얘기다.

진검룡은 조금 전보다 더 친근한 미소를 지으며 정무웅의 잔에 술을 따랐다.

"정 형, 내 술 한 잔 더 받으시오."

"아니, 진 형이 먼저 받으시오."

착잡한 표정을 짓고 있는 은조의 눈에는 진검룡과 정무웅이 매우 화기애애하게 보였다.

술잔을 들어 올리던 진검룡은 한쪽에 서 있는 강비를 손짓으로 불렀다.

"비야, 너도 앉아라."

"넵!"

강비가 씩씩하게 자리에 앉자 은조의 얼굴이 더욱 착잡하게 변했다.

실내에 서 있는 사람이 자신뿐이기 때문이다. 그녀는 혼자만 버림받은 느낌을 철저하게 받았다. 더구나 진검룡의 수하인 강비마저 자리에 앉는데 자기 혼자만 서 있으니까 비참함이 샘물처럼 솟구쳤다.

오늘 낮에 오룡방에서 있었던 일에 대해 설명을 들은 현수란과 태동화 등은 크게 놀랐다.

그들은 설마 진검룡과 민수림이 오룡방으로 직접 쳐들어갈 것이라고는 전혀 예상하지 못했다.

그런데 그보다도 더 놀라운 일은 진검룡이 오룡방주 손록을 제압해서 수하로 삼았다는 것과 오룡방이 검황천문의 휘하였다는 사실이다.

항주 토박이에다가 항주에서 가장 영향력 있는 열 명인 항주십대인에 속하는 태동화와 현수란이지만 오룡방이 남천 검황천문의 휘하라는 사실은 까맣게 모르고 있었다. 어떻게 보면 이것은 뒤통수를 얻어맞은 것이나 다름이 없다.

태동화가 놀라움을 추스르고 진검룡에게 물었다.

"어째서 손록을 수하로 거둔 것입니까? 그자는 수하가 됐다고 해서 고분고분할 인물이 아닙니다."

현수란이 거들었다.

"그래요. 손록은 교활한 데다 잔인해서 진 대협께 반드시 복수를 할 거예요. 혹시 진 대협께서 그자에게 어떤 제재를 가해두었나요?"

진검룡은 태동화의 물음에 먼저 대답해 주었다.

"오룡방이 자꾸만 귀찮게 굴어서 손록을 수하로 거둔 것입니다. 일단 그렇게 해두면, 최소한 귀찮게 굴지는 않을 것 같아서 말입니다."

진검룡은 정무웅을 친구로 삼았기 때문에 태동화를 친구의 사부로 깍듯하게 대우했다.

그 사실을 모를 리가 없는 태동화와 현수란은 그의 공명정 대함에 크게 탄복했다.

특히 정무웅은 진검룡이 그렇게 하면서까지 자신을 친구로 삼았다는 사실에 큰 감동을 받았다.

태동화와 현수란 등은 바로 오늘 낮에 오룡방 휘하 맹룡당 당주 오장보가 백여 명의 고수들을 이끌고 비웅보 근처 포구에 들이닥쳐서 진검룡과 민수림을 죽이려다가, 오히려 일패도지 박살이 나서 도망치는 광경을 똑똑히 목격했다.

그런데 진검룡은 오룡방이 그런 식으로 귀찮게 구는 것을 싫어하는 것이다.

진검룡은 이번에는 현수란의 물음에 대답했다.

"손록의 몸에 어떤 제재를 가하지는 않았지만 별로 염려하지는 않소."

"어째서죠?"

진검룡은 태연하게 말했다.

"또다시 귀찮게 굴면 이번에는 손록을 죽여 버릴 것이기 때문이오. 아마 그자도 그걸 충분히 알 테니까 섣불리 날뛰지 못할 거요."

"그렇겠군요."

현수란은 고개를 끄떡이면서 크게 감탄하는 표정을 지었다. 항주에서 제일인자로 군림하고 있는 손록인데 진검룡이 언제든지 죽일 수 있는 것처럼 자신 있게 말하는 것이 허풍으로 들리지 않았기 때문이다.

다시 술이 몇 순배 돌고 난 후에 현수란이 민수림에게 조심스레 물었다.

"소저, 천면수라는 왜 제압했나요?"

민수림은 술잔을 비우고 나서 대답했다.

"알아볼 게 있어서요."

그녀가 거기에 대해서는 더 이상 말하기 싫다는 식으로 말하자 현수란은 더 묻지 못했다.

*　　　　*　　　　*

술자리가 무르익을 무렵 현수란이 본론을 꺼냈다.

"장차 진 대협께서 개파하실 방파의 장소를 제가 제공하면 어떻겠어요?"

진검룡은 깜짝 놀랐다.

"루주가 말이오?"

"네, 저는 항주에 장원을 몇 개 갖고 있는데 그것들 중에서 하나, 아니, 여러 개라도 상관이 없으니까 진 대협께서 마음껏 사용하세요."

민수림의 전음이 진검룡의 고막을 흔들었다.

[그렇게 해요.]

진검룡은 현수란의 빈 잔에 술을 부었다.

"그렇다면 루주가 한 채 소개해 주시오."

진검룡이 수락을 한다니까 현수란은 기쁜 표정을 지었다. 진검룡이 베푼 은혜에 대한 보답을 이제야 할 수 있게 되었기 때문이다.

"규모가 큰 장원을 좋아하나요? 아니면 경치가 좋은 장원이 좋을까요?"

진검룡은 빙그레 웃었다.

"규모가 크면서 경치가 좋은 장원이 좋소."

현수란은 '어머?' 하는 표정을 짓더니 곧 고개를 젖히고 청아한 웃음을 터뜨렸다.

"아하하하하!"

잠시 후에 웃음을 그친 그녀는 곱게 눈을 흘겼다.

"진 대협은 욕심쟁이세요."

삼십삼 세의 무르익을 대로 무르익은 데다 아름답고 성숙한 그녀가 애교를 부리자 너무도 매혹적이라서 진검룡은 자신도 모르게 심장이 철렁했다.

"내… 가 어째서 욕심쟁이라는 말이오?"

그래서 하지 않아도 될 말을 했다.

술장사 십오 년에 남자 다루는 일에는 도가 튼 현수란은 순진무구한 진검룡을 마음껏 갖고 놀았다.

"그걸 모르신다는 건가요?"

그녀가 그윽하게 눈웃음을 치고 어리광 부리듯이 살랑살랑

흔들며 말하자 진검룡은 아무것도 모르는 바보처럼 벙긋 웃었다.

"허허허! 모르겠소."

게다가 영감처럼 허허거리면서 웃기까지 했다.

현수란이 욕심쟁이라고 한 말뜻을 저잣거리에서 굴러먹던 그가 모를 리 없다.

다만 그녀의 아양과 교태에 눈이 멀어서 두뇌 회전이 잠시 정지해 버린 탓이다.

민수림은 아무것도 보지 못하고 듣지 못한 듯 제 손으로 술을 따라서 묵묵히 마시기만 했다. 그녀는 요리를 거의 먹지 않고 술만 마셨다.

태동화와 정무웅 역시 명색이 사내라고 현수란의 교태를 보면서 빙그레 미소만 짓고 있다.

현수란은 진검룡에게 애교가 뚝뚝 흘러내리는 눈웃음을 치면서 상체를 그쪽으로 기울였다.

"천첩이 진 대협 옆에 가서 자세히 설명을 하면 좋을 텐데 그래도 될까요?"

진검룡이 헤벌쭉한 표정으로 고개를 끄떡이려고 하는데 민수림이 조용한 목소리로 말했다.

"그냥 거기 앉아서 말해요."

현수란은 찔끔해서 목을 움츠리고 진검룡은 방금 전보다 더 헤벌쭉한 얼굴이 됐다.

민수림이 강샘을 한 것이라고 생각했기 때문이다. 그는 민수림이 강샘을 하는 것을 처음 보았다.

그렇다면 그녀가 진검룡을 좋아하고 있다는 뜻이다. 이것 역시 처음 알게 된 사실이다.

뜻을 이루지 못한 현수란은 민수림이 안 볼 때 진검룡에게 살짝 눈웃음을 치는 것으로 만족했다.

조금 전의 일을 계기로 현수란은 진검룡을 조금쯤 남자로 생각하게 되었다.

남녀가 이성인 상대를 조금 좋아하게 되는 것은 오래지 않아서 많이 좋아하게 될 것을 전제한다. 누굴 좋아하는 일이 중요하지 일단 좋아하기 시작하면 걷잡을 수 없는 것이 남녀 간의 사랑이다.

젊은 남녀의 만남과 인연이란 늘 이런 식이다. 남자끼리의 만남은 우정을 만들고 남녀의 만남은 애정을 싹틔운다는 법칙은 어디에서나 적용된다.

무가(武家)의 딸인 현수란은 십칠 세 어린 나이에 가문의 젊고 잘생긴 남자인 하급 간부 향주(香主) 한 명을 사랑하게 되어, 그와 야반도주 가출을 해서 항주에 정착해 살다가 이듬해 딸 소효령을 낳았다.

그러나 영원할 것만 같았던 꿈처럼 달콤한 시절은 삼 년 만에 허무하게 종지부를 찍고 말았다.

현수란의 남편이 느닷없이 들이닥친 청부살수의 검에 비참하게 죽음을 당했던 것이다.

현수란의 친정아버지가 보낸 무림의 일급살수였다. 딸을 꾀어서 야반도주를 감행한, 인정하지 않은 사위에 대한 엄중한 징벌이었다.

친정아버지는 딸과 수하의 배신을 그런 식으로 갚아주었다. 그것으로 딸과의 인연은 끝났다.

당시 현수란의 나이 고작 이십 세였다. 이십 세 나이에 채 한 살도 되지 않은 어린 딸을 둔 청상과부가 된 것이다.

그때 이후 현수란은 친정아버지에게 복수할 날만을 기다리면서 이를 갈며 살아왔다.

또한 지난 십오 년 동안 젊은 청상과부로 살아오면서 남자를 일절 만나지 않았다.

그것은 먹고살기 위하여 술장사 즉, 기루를 운영하면서 매우 어려운 일이었다.

젊고 아름다운 데다 건강한 육체의 소유자이며 부자인 그녀에게 접근하여 사랑을 고백하는 남자가 지난 십삼 년 동안 어디 한두 명이었겠는가.

그렇지만 현수란은 십삼 년 동안 딸 소효령과 장사에만 전념하면서 꿋꿋하게 잘 버텨왔다.

일생 중에서 가장 혈기 왕성한 이십 대와 삼십 대를 피가 나도록 허벅지를 꼬집고 바늘로 찔러가면서 그렇게 독수공방하며 지낸 것이다.

그랬는데 불과 얼마 전에 만난 진검룡에게 마음이 크게 흔들렸다.

그런 사실에 현수란 자신은 크게 놀라고 있지만 그보다는 십삼 년 만에 찾아온 신선한 설렘이 훨씬 더 좋았다.

끝내 진검룡을 갖지 못하더라도, 아니, 그렇게 되겠지만 그런 건 어쨌든 좋았다.

그저 한 남자를 좋아하는 마음만으로 이렇게 가슴이 뛰고 흥분되는 기분이 좋았다.

현수란이 처음부터 진검룡을 남자로 느낀 것은 아니다. 처음에 그는 그저 자신보다 나이가 많이 어린 청년이며 딸을 구해준 은인일 뿐이었다.

그랬는데 자주 만나게 되고 그의 매력이 하나둘씩 노출되는가 하면, 다른 남자들과는 달리 현수란에게 조금도 추근거리지 않는다는 사실이 그녀에게 아주 좋은 인상을 심어주었다.

만약 진검룡이 아무리 매력적이라고 해도 그가 다른 남자들처럼 그녀의 미모와 재산을 보고 접근했다면 그녀의 마음은 바위처럼 꿈쩍도 하지 않았을 것이다.

자신이 말할 차례가 오기를 참을성 있게 기다리던 태동화가 이윽고 말문을 열었다.

"진 대협께선 방파나 문파를 운영한 경험이 있습니까?"

그는 진검룡이 자신을 친구의 사부로 대해도 변함없이 깍듯하게 예의를 갖추었다.

"전혀 없습니다."

예전에 그가 몸담고 있던 무도관 청풍원은 사부와 사범이 맡아서 운영을 했었으며 사모는 안살림만 도맡았다.

청풍원 운영이라고 해봤자 전체 제자 즉, 관원의 수가 삼십 명을 넘지 못하는 소규모 무도관이었다.

무도관이란 매월 일정한 수업료를 받고 권법이나 각술 따위를 가르쳐 주는 곳이다.

비응보가 진검룡의 사부 장도명을 죽이고 청풍원을 접수하자 사범 마동효(馬東曉)라는 놈은 그나마 남아 있던 무도관의 돈과 재물들을 깡그리 훔쳐서 도망쳐 버렸다.

그 때문에 진검룡은 사모님 상명과 사매 장한지, 독보와 함께 먹고살려고 모진 고생을 했다.

태동화는 더욱 정중하게 말했다.

"진 대협께서 개파를 하시는 것과 운영에 대해서 제가 도움을 드릴 수 있을 것입니다."

진검룡이 벌떡 일어나서 태동화에게 고개를 숙이려는데 민수림이 전음을 보냈다.

[포권하세요.]

그냥 고개만 숙이려던 진검룡은 움찔 놀라서 급히 두 손을 모아 포권지례를 취했다.

"그렇게 해주신다면 저희들에게 큰 도움이 될 겁니다. 고맙습니다, 태 문주."

[현 루주에게도 감사를 표해야죠.]

진검룡은 현수란에게도 포권을 하며 고개를 숙였다.

"루주에게도 감사드리오."

저잣거리에서 굴러먹던 진검룡은 두 손을 모아 쥐고 인사를 하는 무림의 예법인 포권지례를 한 번도 해본 적이 없어서 걸핏하면 잊어버린다.

진검룡을 남자로 보고 연모의 마음을 품기 시작한 현수란은 이제 그만 보면 눈웃음을 쳤다.

"별말씀을 다 하시는군요. 앞으로 십엽루는 진 대협 일이라면 제 일처럼 최선을 다할 테니까 아무쪼록 불러만 주시기를 바랄게요."

청상과부가 된 지 십삼 년 만에 처음으로 매력적인 젊은 사내에게 마음을 조금씩 열기 시작한 현수란의 눈이 별처럼 초롱초롱하게 빛났다.

진검룡을 비롯한 모두들 기분 좋게 대취했다.

정신이 말짱한 사람은 처음부터 끝까지 선 채로 술을 한 방울도 마시지 않은 은조 한 사람뿐이다.

오늘은 너무도 기분이 좋은 날이라서 술장사 십오 년에 남자를 제 맘대로 갖고 논다는 현수란마저도 정신을 반쯤 잃을 정도로 취했다.

오늘처럼 기분 좋은 날이 처음인 데다 십삼 년 만에 처음으로 마음속에 남자를 받아들인 날이기 때문에 거리낌 없이 술을 마신 탓이다.

진검룡이야 두말할 필요도 없고 그를 비롯한 태동화와 정무웅 세 남자가 의기투합하여 술 마시는 동안 한시도 호탕한 웃음소리가 그치지 않았다.

세 남자는 유쾌하고 화통하며 뒤끝이 없는 데다 정정당당한 성격이라는 점에서 닮았기에 술을 마시면 마실수록 서로의 매력에 흠뻑 빠져들었다.

민수림은 아무런 생각 없이 묵묵히 술만 마셨다. 그녀는 진검룡 옆에 앉아서 이따금 그와 대화를 나누는 것 말고는 줄기차게 술만 마셔댔다.

그녀는 자신의 인생에 오로지 진검룡과 술만 존재하는 것처럼 행동했다.

누가 먼저 어째서 그런 말을 시작했는지는 모른다. 그저 다들 자신의 포부를 한 사람씩 말했다.

태동화는 연검문을 항주제일문파로 성장시키는 것이고, 정무웅은 최고의 검객이 되는 것이며, 현수란은 사랑하는 남자와 혼인하는 것이라고 포부를 말했다. 현수란의 포부는 오늘 생긴 것이다.

평소 같으면 혼인하고 싶다는 현수란의 포부에 매우 놀랐겠지만 다들 매우 취했기에 꼭 소원을 이루기를 빈다면서 덕담까지 아낌없이 해주었다.

그러다가 진검룡은 자신의 차례가 되자 거침없이 큰 소리로 외치듯이 말했다.

"나는 천하제일인이 되고 싶소!"

진검룡은 머리가 지끈거리는 것을 느끼면서 잠이 깼다.

그는 어제 현수란의 거선에서 술을 너무 많이 마셔서 마지막에는 아무것도 기억이 나지 않았다.

물론 지금 누워 있는 곳이 어딘지도 모른다. 침상에 누워서 잠을 잤다는 사실이 놀라울 뿐이다.

그의 짧은 생애를 통틀어서 어제처럼 많은 술을 마시고 만취하기는 처음이었다.

그만큼 기분이 좋았기 때문이다. 민수림을 비롯하여 현수란과 태동화, 정무웅, 강비까지 하나같이 그의 마음에 쏙 드는 좋은 사람들이었다.

진검룡은 눈을 뜨기 전에 지끈거리는 머리를 만져보려고 손을 들었는데 어찌 된 일인지 손이, 아니, 팔 전체가 움직이지 않았다.

'어째서……'

눈을 뜨고 상체를 움직여 보던 그는 한순간 움찔 놀라서 숨을 멈추었다.

천장을 향해 누워 있는 그의 오른쪽에 누군가 누워 있는 것이 느껴졌다.

'수림!'

제일 먼저 떠오르는 사람이 민수림이다. 무슨 이유인지는 모르지만 그녀가 밤새 그의 곁에서 잔 것이다. 그 사실을 그는 까맣게 모르고 있었다. 민수림이 옆에서 잤는데도 모르고 있다니 환장할 일이다.

옆에 누워 있는 사람이 민수림이라고 그가 떠올리는 것은 지나친 일이 아니다.

우선 너무도 익숙한 그녀의 향기가, 아니, 체향(體香)이 코를 간질이고 있다.

진검룡은 동천목산에서 민수림과 더 이상 가까울 수 없을 정도로 밀접하게 지냈기 때문에 아무도 모르는 그녀의 체향을 너무도 익숙하게 잘 알고 있다.

진검룡이 맡은 익숙한 체향이 민수림이라는 첫 번째 증거라면 두 번째는 그녀가 안겨 있는 익숙한 느낌이다.

그의 어깨를 베고 있는 그녀의 뺨과 가슴에 올려져 있는 팔, 겨드랑이에 살짝 짓눌리듯이 밀착된 가슴, 그리고 그의 하체에 얹혀 있는 다리가 지니고 있는 약간의 무게감.

더구나 그 늘씬한 다리가 그를 뭉근하게 짓누르고 있다는 사실이 매우 중요하다.

'아흐흐… 미치겠다……! 수림이 나한테 안겨 있어…….'

그는 손가락 하나 까딱하지 않은 채 그대로 죽은 듯이 가만히 있었다.

　조금이라도 움직여서 민수림이 깨기라도 한다면 그는 죽을 때까지 자신을 저주할 것이다.

第二十七章

날카로운 입맞춤

그가 동천목산에서 민수림을 처음 만난 이후 두 사람이 한 몸처럼 부대끼고 끌어안으면서 붙어 다녔을 때에는, 너무 경황 중이고 혼비백산한 상태라서 그게 얼마나 엄청난 일인지 생각할 겨를조차 없었다.

나중에야 그는 항주에서 민수림과 같이 생활하면서 자신이 그녀를 좋아하고 있다는 사실을 알게 되었으며, 동천목산에서 두 사람이 지나칠 정도로 허물없이 지냈었다는 사실을 깨닫게 되었다.

그렇지만 그때부터 그는 민수림의 손 한 번 잡는 것이 하늘에서 별을 따는 것보다 어려워졌다.

민수림의 손길이 그에게 닿을 때는 오로지 하나의 경우뿐이다. 때릴 때다.

그렇게 그녀는 조금씩 멀어져 갔으며 반대로 진검룡의 애정은 점점 더 크고 깊어져 갔다.

그런데 지금 믿어지지 않게도 민수림이 그의 옆에서 자고 있는 것이다.

"음······."

그런데 그때 민수림이 나직한 신음 소리를 내는가 싶더니 그의 품으로 더 파고들면서 옥죄었다.

'으흐흐흐······.'

민수림의 몸이 아주 생생하게 고스란히 느껴지자 진검룡은 너무도 황홀해서 자신도 모르게 부르르 몸을 떨었다. 너무 좋아서 콧물과 눈물이 나올 것만 같았다.

그런데 그가 몸을 세차게 떠는 바람에 민수림이 번쩍 눈을 뜨면서 잠이 깼다.

진검룡을 향해서 옆으로 누워 있는 민수림은 자신의 눈앞 손가락 한 마디 거리에 그의 뺨이 있는 것을 발견하고 움찔 가볍게 몸을 떨었다.

'아······.'

놀란 그녀는 눈을 커다랗게 뜨고 진검룡의 얼굴을 뚫어지게 주시하고 있는 짧은 시간 동안 많은 사실들을 한꺼번에 깨달을 수 있었다.

진검룡이 뭔가에 놀랐거나 흥분한 듯이 코를 벌름거리고 눈을 커다랗게 뜬 채 깜빡거리고 있다는 사실. 그러니까 그는 자지 않고 깨어 있었던 것이다.

그의 심장이 준마가 힘차게 달리고 있는 것처럼 미친 듯이 쿵쾅거리면서 뛰고 있다는 사실.

무언가 나쁜 짓을 하던 중이라는 뜻이다.

온몸이 단단하게 경직되어 있으며 오른팔로 그녀의 어깨를 힘주어서 안고 있다는 사실.

엉큼한 짓을 하고 있었던 것으로 추정된다.

그의 코에서 거친 숨소리가 씨근거리면서 뿜어지고 있다는 사실. 몹시 흥분한 것이 분명하다.

민수림은 더 이상 길게 생각할 것 없이 천천히 상체를 일으켰다.

그런데 진검룡의 손이 그녀의 어깨를 힘주어 잡고 있는 바람에 상체를 일으키는 것이 쉽지 않았다.

진검룡은 얼마나 흥분했는지 그녀가 깨어났다는 사실을 아직도 모른 채 코를 벌름거리고 눈을 껌뻑거리면서 연신 몸을 부르르 떨고 있다.

그런 진검룡을 쏘아보는 민수림의 입에서 싸늘한 중얼거림이 흘러나왔다.

"검룡, 당신이 감히 나를……."

깜짝 놀란 진검룡은 그녀를 보면서 황망히 변명했다.

"수… 수림, 뭔가 오해를 하고 있습니다… 나는 그저……."

그는 말을 끝맺지 못했다. 민수림의 주먹이 그의 머리를 강타했기 때문이다.

딱!

"끄악!"

진검룡의 머리를 주먹으로 때려 혼절시키고 나서 방을 나오던 민수림은 마당을 지나가던 상명과 마주쳤다.

"민 소저, 잘 잤어요?"

독보가 서호에서 잡아 깨끗하게 손질해 준 물고기를 담은 커다란 그릇을 갖고 주방으로 가던 상명은 민수림에게 환한 미소를 지으며 인사를 건넸다.

민수림은 공손히 고개를 숙였다.

"네, 사모님께서도 잘 주무셨어요?"

진검룡이 상명을 어머니처럼 여기면서 깍듯하기 때문에 민수림도 그녀에게 예의를 갖춘다.

"룡아는 일어났나요?"

"……."

상명이 지나가는 말처럼 묻자 민수림은 뾰족한 바늘에 손바닥을 찔린 듯한 표정을 지으며 자신이 방금 나온 문을 부지중 돌아보았다.

그 문 안에는 진검룡이 있다. 상명은 그가 민수림의 주먹에 맞아서 혼절했다는 사실을 모른다.

하지만 상명은 더 중요한 사실 한 가지를 알고, 아니, 짐작하고 있다.

지난밤에 민수림이 진검룡과 같은 방에서 잤다는 사실을 잘 알고 있으며, 더 나아가서 두 사람이 밤새 무엇인가를 했을 수도 있다는 것을 짐작한다는 것이다.

왜냐하면 지난밤에 고주망태가 돼서 독보에게 부축되어 돌아온 두 사람을 진검룡의 방 침상에 나란히 눕혀준 사람이 바로 상명이기 때문이다.

"그는……."

민수림은 당황해서 대답을 하지 못했다. 그녀는 상명이 자신과 진검룡 사이를 오해하고 있는 것 같아서 오해를 풀어줘야 한다고 생각했다.

그런데 상명은 의미심장한 미소를 지으면서 가던 길을 걸어가며 말했다.

"룡아 깨워서 같이 아침 식사 하러 와요."

"사모님, 그게 아니에요."

"호호홋! 아니긴 뭐가 아니라는 건가요?"

상명은 민수림의 말은 더 들어보려고 하지도 않고 어깨를 흔들면서 가버렸다.

집 뒤뜰에서 민수림은 매우 진지한 표정으로 진검룡을 주시하고 있다.

그녀는 오늘 진검룡에게 매우 중요한 무공을 가르치겠다고 조금 전에 말했다.

진검룡을 뚫어지게 쏘아보는 민수림의 눈빛이 웬일인지 화살촉처럼 날카롭다.

그녀는 지난밤 자신이 몹시 취한 상태에서 진검룡과 한 침상에서 그에게 안겨 잔 것이 순전히 그가 꾸민 짓이라고 오해를 하고 있는 것이다.

민수림의 그런 마음을 짐작하고 있는 진검룡은 오해를 풀어야겠다고 마음먹었다.

"수림, 사실은……."

"따라와요."

그런데 민수림이 그의 말을 톡 자르고는 앞장서서 먼저 집 밖으로 걸어갔다.

진검룡은 민수림이 화가 단단히 났다는 생각에 마음이 답답해졌다.

그러면서 조금 이상했다. 민수림이 그를 좋아한다면 지난밤에 같이 잔 것쯤은 눈감아줄 수도 있을 텐데 어째서 이렇게 화를 내는 것인지 모를 일이다.

어쩌면 그녀가 자신을 좋아한다는 것은 자신의 착각일지도 모른다는 생각이 들자 더 답답해졌다.

민수림이 진검룡을 데리고 간 곳은 집에서 오 리 떨어진 작은 산 봉황산의 훈련 장소다.

"여길 봐요."

민수림이 진검룡을 어느 아름드리나무 앞으로 이끌었다.

그 나무를 본 진검룡은 가볍게 표정이 변했다. 나무 여기저기에 곰보처럼 움푹 파인 자국이 많았기 때문이다. 그 수는 약 삼십여 개에 달했다.

진검룡은 문득 뇌리를 스치는 무언가가 있어서 호기심 어린 얼굴로 민수림에게 물었다.

"수림, 이게 혈도입니까?"

"사혈(死穴)이에요. 이 사혈들은 가볍게 누르기만 해도 즉사하고 말아요."

"어느 정도 세기로 눌러야 즉사합니까?"

진검룡은 신체의 어느 부위를 누르기만 해도 죽는다는 사실이 무척 신기했다.

민수림이 진검룡을 향해 손을 뻗었다.

"검룡에게 시험해 볼까요?"

진검룡의 표정이 가볍게 굳었다가 고개를 끄떡였다.

"해보십시오."

민수림이 진지한 얼굴로 경고했다.

"잘 피해요. 자칫하다가는 죽을 수도 있어요."

"그렇다면 공격하겠습니다."

진검룡의 뜻하지 않은 도발에 민수림은 가볍게 아미를 찌푸렸다가 고개를 끄떡였다.

"사정 봐주지 않겠어요."

"그러기를 바랍니다."

진검룡은 말과 함께 재빨리 뒤로 반 장 물러나는 것 같더니 느닷없이 대라벽산 이초식 숭양권을 전개하며 오십 년 공력을 뿜어냈다.

갑작스러운 공격이므로 혹시 민수림이 다칠 수도 있을 것 같아서 오십 년 공력만 주입한 것이다.

하지만 그것은 그의 지나친 오판이다. 그의 실력으로는 아무리 가까운 거리에서 전력을 다해 급습을 하더라도 민수림의 옷자락조차 건드리지 못할 것이다.

위잉!

오십 년 공력이 실린 대라벽산 숭양권이 제법 묵직한 파공음을 내면서 뿜어졌다.

숭양권은 중도에서 변화를 일으켜서 세 줄기로 나누어지며 민수림의 상체 양쪽 어깨와 복부를 겨냥하고 맹렬한 기세로 쏘아갔다.

원래 민수림이 진검룡에게 가르친 대라벽산 이초식 숭양권은 열여덟 개의 변화 즉, 십팔변(十八變)이 있다.

그리고 민수림은 진검룡이 그중에 삼변까지 터득한 것으로 알고 있다.

대라벽산을 배울 당시에는 그가 일일이 터득할 때까지 기다릴 여유가 없었으므로 이론적인 것과 한 차례씩의 시범만 보여주었을 뿐이다.

그런데 지금 진검룡이 전개하고 있는 수법은 놀랍게도 숭양권 제십이변이다.

민수림이 단지 한 번의 시범을 보여줬던 숭양권 제십이변의 변화를 진검룡이 완벽하게 재현하고 있는 것이다.

민수림은 진검룡의 뛰어난 천재성에 다시 한번 놀랐다. 그렇지만 놀라는 것은 놀라는 것이고 가소로운 것은 가소로운 것일 뿐이다.

그녀에게는 진검룡의 그 어떤 공격이라고 해도 어린아이 장난에 불과하다.

진검룡은 자신이 공격을 했는데도 민수림이 피하거나 방어를 하지 않고 가만히 서 있기만 하자 혹시 자신의 공격에 그녀가 다칠까 봐 더럭 겁이 났다.

그런데 다음 순간, 그녀는 그 자리에 가만히 서 있었건만 맹렬하게 찔러오는 진검룡의 숭양권 삼권이 모두 빗나갔다.

슈우욱! 슈숙!

그것은 마치 진검룡이 내뻗은 삼권이 저절로 그녀의 몸을 피해 간 것 같은 착각이 들게 하는 광경이다.

하지만 그랬을 리가 없다. 진검룡은 정확하게 삼권을 공격했으며 민수림이 무형지기를 발출해서 삼권이 몸 좌우로 흘러가게 만들었던 것이다.

그러고서도 그녀는 공격하지 않고 어디 해볼 테면 더 해보라는 식으로 가만히 서 있었다.

상대가 사부와도 같은 민수림이지만 그녀의 오만한 표정을 본 진검룡은 불끈 호승심이 치솟았다.

'좋아! 어디 이번에도 피해보시지?'

반각 동안 진검룡은 자신이 배운, 그리고 응용할 수 있는 대라벽산 모든 초식과 변화들을 다 쏟아냈지만 민수림의 옷자락조차 건드리지 못했다.

그래서 백삼십오 년 전 공력을 주입하여 다시 대라벽산을 전개했다.

아니, 전개하려는데 민수림이 그를 향해 다가왔다.

그 동작은 마치 노을빛이나 땅거미가 아무도 모르는 사이에 대지를 뒤덮는 것처럼 은연중에, 그러나 순식간에 이루어졌다.

일곱 자 거리에 서 있던 그녀가 어느새 진검룡 두 뼘 앞에 서 있는 것이다.

결국 진검룡은 세 번째 대라벽산을 전개하기도 전에 민수림이 내민 왼손에 오른팔이 붙잡히고 말았다.

제 딴에는 전력을 다했지만 너무도 간단하게 제압당한 진검룡은 맥이 빠졌다.

민수림을 이기지 못할 것이라고 예상했었지만 이처럼 무기력하게 제압될 줄은 몰랐다. 그래서 그녀가 얼마나 고강한지 새삼스럽게 깨달았다.

민수림은 그의 오른팔을 잡은 채 오른손을 뻗어 그의 목덜미의 한 곳 혈도에 손가락을 댔다.

"여긴 천정혈(天鼎穴)이며 사혈이에요. 조금만 세게 눌러도 즉사하죠."

"누르십시오."

"……."

진검룡의 예상하지 못했던 말에 민수림은 의아한 표정으로 그를 바라보았다.

진검룡은 뺨을 씰룩거리면서 툴툴거렸다.

"그렇게 내가 못마땅하면 이 기회에 아예 사혈을 눌러서 죽여달라는 말입니다."

"검룡……."

"어젯밤에 내가 수림을 꾀어서 침상에서 같이 잔 것이라고 오해를 하고 있잖습니까?"

"그것은……."

진검룡은 막 나가자는 식으로 마치 저잣거리에서 하던 말

투을 하며 말했다.

"그래요. 수림이 생각하는 것처럼 내가 그랬습니다. 만취한 수림을 내 침상에 눕히고 밤새 안고 잤습니다. 나는 그런 놈입니다. 그러니까 사혈을 눌러서 죽이십시오."

민수림은 그윽하게 그를 바라보았다.

"검룡이 그러지 않았다는 거 알아요."

"그럼 아까 이른 아침에 어째서 날 때린 겁니까?"

진검룡이 원망하듯이 뚫어지게 쳐다보자 민수림은 눈을 내리깔았다.

"미안해요."

*　　　　　*　　　　　*

"수림은 걸핏하면 나를 때리잖습니까?"

진검룡은 그렇게 말해놓고서 민수림의 얼굴에 이슬비처럼 쓸쓸한 표정이 자욱하게 내리는 것을 발견했다.

"미안해요."

그렇게 말하는 민수림의 목소리는 이슬비에 젖은 표정보다 더 촉촉하게 젖어 있었다.

"나는 검룡이 제일 편해요. 천하에 아는 사람이라고는 검룡 한 사람밖에 없기 때문이에요."

천하절색의 미모만큼이나 그윽하고 아름다운 목소리로 토

로하는 진심이 진검룡의 심금을 울렸다.

그 말을 들음으로써 그는 이미 민수림을 다 용서했다. 아니, 앞으로 그녀가 지을 잘못이나 실수까지도 한꺼번에 다 싸잡아서 용서할 수 있을 터이다.

"그래서 걸핏하면 검룡을 만만하게 여겨서 때리는 것 같아요. 미안해요. 앞으로는 그러지 않을게요."

진검룡은 발작적으로 두 손을 마구 저었다.

"아닙니다! 때려도 됩니다! 아니, 부디 때려주십시오!"

이 광경을 사모 상명이 봤다면 또다시 오해하고 말 것이다.

민수림은 말끄러미 진검룡을 바라보다가 눈을 내리깔고 호로록 낮은 한숨을 내쉬었다.

"아니에요. 때리지 않겠어요."

"수림은 나를 어떻게 생각합니까?"

진검룡은 내친김에 그녀의 분명한 대답을 들어야겠다고 마음먹었다.

민수림은 얼른 그를 쳐다봤다가 시선이 마주치자 급히 눈을 내리깔고 조그만 목소리로 겨우 대답했다.

"좋아해요."

진검룡은 똑똑히 듣고서도 귀를 그녀에게 내밀었다.

"뭐라고요? 잘 못 들었습니다."

민수림은 깜짝 놀라더니 조금 큰 목소리로 또렷하게 말

했다.

"좋아해요."

"뭘 말입니까? 술을 좋아한다는 겁니까? 아니면 요리? 밥? 뭡니까? 수림이 좋아한다는 거 말입니다."

이 정도면 정말 진상이다.

만약 현수란이었다면 이런 절호의 상황에 눈을 희번덕이면서 곱게 흘기거나 콧소리를 내며 온갖 교태와 알랑방귀 여우 짓을 다 부렸을 것이다.

그러나 민수림은 그저 부끄럽고 수줍어서 고개를 좀 더 숙이고 귀뿌리까지 빨개져서 기어드는 목소리로 겨우 말했다.

"검룡을 좋아해요."

"누구라고요?"

"진검룡이요."

진검룡은 흡족하게 빙그레 웃었다.

"앞으로는 날 때려도 괜찮습니다."

"안 때리도록 노력할게요."

"아니, 부디 때리십시오. 날 좋아한다는 여자에게는 두들겨 맞다가 죽어도 행복할 겁니다. 음핫핫핫핫!"

"알았어요."

민수림이 고분고분하고 또 자신을 좋아한다는 고백을 들은 터라서 진검룡은 기분이 한껏 좋아졌다.

민수림이 잡았던 팔을 놓자 진검룡은 갑자기 팔을 뻗어서 그녀의 가느다란 허리를 휘어 감았다.

"아······."

민수림이 깜짝 놀라서 눈을 크게 뜰 때 진검룡은 그녀를 바싹 앞으로 잡아당겼다.

두 사람의 몸이 하나처럼 밀착되었으며 민수림의 얼굴에는 놀라움이 가득 떠올랐다.

그 순간 진검룡의 두툼한 입술이 그녀의 작고 도톰한 입술을 잽싸게 덮어버렸다.

"······!"

그녀는 너무 놀란 나머지 눈을 화등잔처럼 커다랗게 뜨고 온몸이 나뭇가지처럼 단단하게 굳어서 미처 어떤 반응을 보이지도 못했다.

진검룡은 왼손으로 그녀의 뒤통수를 감싸서 뿌리치지 못하게 하고는 서둘러 그녀의 입술을 열었다.

그는 지그시 눈을 감고 몽롱함 속에 빠져들었다.

그러면서 그는 지금 당장 죽는다고 해도 아무런 한이 없다는 생각이 들었다.

그런데 그 순간, 무언가 시뻘건 불덩이 같은 것이 진검룡의 가슴 한복판에 꽂혔다.

퍼억!

"커흑!"

민수림의 불덩이 같은 주먹이다.

몽롱함에 빠져 있던 그는 민수림에게서 떨어지며 허공으로 까마득히 멀리 날아갔다.

날아가는 동안 그는 생각했다. 이번에는 자신이 맞을 짓을 했지만 맞을 만한 가치가 충분했다고 말이다.

세상천지에서 제일 아름다운 민수림과 입맞춤을 했는데 반죽음이 된들 어떠랴.

허공으로 까마득히 날아가는 그의 입이 자꾸만 벌어졌다.

'크크큭……! 최고였어.'

어쨌든 그날 오전에 진검룡은 인체의 혈도에 대한 모든 것들을 민수림에게 배웠다.

그의 천재성을 익히 잘 알고 있는 민수림은 두 번 설명해 주지 않고 일사천리로 혈도에 대해서 줄줄이 설명하거나 시범을 보이고는 찬바람을 일으키며 집으로 가버렸다.

방심하다가 그에게 입술을 뺏긴 것에 대한 분노가 풀리지 않았기 때문이다.

진검룡은 그녀를 따라가지 않고 그곳에서 혈도에 대해 몇 시진 동안 더 연습을 했다.

아까 민수림이 혈도를 가르치는 내내 북풍한설처럼 찬바람을 풍기면서 더러 그가 잘못하면 심하게 꾸중을 했지만 더 때리지는 않았다.

그래도 진검룡은 혈도를 배우는 동안 기분이 너무 좋아서 싱글벙글 웃음을 그치지 못했다.

그녀를 품에 안고 깊은 입맞춤을 한 덕분이다. 그 느낌이 입가에 오랫동안 고스란히 남아 있는 탓에 흐뭇한 미소를 그칠 수가 없었다.

그가 혈도를 배우는 동안 줄곧 미소를 짓고 있는 것을 보고 민수림은 입술을 잘근잘근 깨물면서 더욱 차가운 얼굴로 매몰차게 가르쳤다.

그렇지만 그녀는 한 가지 일을 갖고 두 번 꾸짖지는 않는 좋은 성격을 지니고 있다.

입맞춤 이후 두 시진 동안 얼음 가루가 날리는 것처럼 싸늘하던 그녀였지만 봉황산을 떠나는 마지막 순간에 진검룡하고 눈이 마주치자 어이없는 듯 '픽!' 하고 실소를 흘렸다.

그래서 다시 정신이 해이해진 진검룡이 민수림을 한 번 더 어떻게 해보려고 들이대다가 그때는 그녀의 주먹이 아니라 발길질에 복부가 터질 뻔했다.

늦은 오후에 지친 모습으로 봉황산에서 집으로 돌아온 진검룡에게 장한지가 책 한 권을 내밀었다.

"수림 언니가 대사형 주랬어요."

진검룡이 펼쳐보니까 혈도에 대한 책이다. 삼십여 장 정도의 책장에 인체의 그림과 혈도, 그리고 상세한 설명이 빼곡하게 적혀 있었다.

진검룡이 봉황산에서 혈도 연마를 하고 있는 동안 민수림은 집에서 이 책자를 만든 것이 분명하다.

책자의 글씨들은 아직 먹이 채 마르지 않았으며 묵향이 진하게 풍겼다.

그 짧은 시간에 이렇게 알찬 내용의 책자를 만들다니 어쩌면 그녀는 진검룡보다 뛰어난 천재일지 모른다.

그가 대충 훑어보니까 책자에는 민수림이 봉황산 훈련장 나무들에 만들어놓은 혈도보다 몇 배나 더 방대하고 상세한 기록이 적혀 있었다.

진검룡이 민수림을 찾는 듯 집 안을 둘러보았다.

"지아, 수림은 어디에 있니?"

"언니는 잠시 다녀올 곳이 있으니까 그동안 대사형은 혈도 공부나 열심히 하고 있으랬어요."

항주에 온 이후 민수림은 줄곧 진검룡과 붙어 다녔는데 혼자 어디를 갔는지 몹시 궁금했다.

그가 곰곰이 생각에 잠긴 모습을 보고 장한지가 손을 잡고 이끌었다.

"대사형, 점심 식사 드시러 가요."

"그러자."

진검룡이 늦은 점심 식사를 끝내자 독보가 들어오더니 그에게 가까이 다가와서 은밀하게 알려주었다.

"대사형, 용림당 아래쪽 선실에 한 사람이 감금되어 있어요."

"그게 누구냐?"

"여자인데 모르는 사람이에요."

진검룡은 궁금증이 뭉클뭉클 피어났다.

"수림이 가둬놓은 거냐?"

"네, 어제 늦은 오후에요."

진검룡은 그 즉시 집 뒤쪽 서호의 개인 포구에 정박해 있는 용림당 갑판 아래 선실로 내려갔다.

민수림이 절대로 열어보지 말라거나 감금한 사람을 만나면 안 된다고 말했다면 진검룡은 그 말에 따랐을 것이지만 그녀는 그런 말을 하지 않았다.

갑판 아래에는 세 개의 선실이 있으며 하나는 주방 겸 식당이고 또 하나는 창고로 사용하고 있다.

진검룡은 맨 끝의 아무 용도로도 사용하지 않는 선실의 문을 열었다.

척!

갑판 아래 선실이기는 하지만 천장 즉, 갑판 구석에 두 개의 손바닥 크기의 작은 창이 있어서 실내는 그다지 어둡지 않고 어슴푸레했다.

텅 빈 선실 안 한가운데 바닥에 남의 경장을 입은 삼십 대 중반 평범한 용모의 여자가 천장을 향해 눈을 감은 채 누워 있는 모습이 보였다.

민수림에게 혼혈이 제압됐는데 얼핏 보면 깊은 잠에 빠져 있는 것 같다.

진검룡은 선실 안에 들어와 청랑을 굽어보면서 내심 중얼거렸다.

'이 여자가 천면수라인 모양이로군.'

어제 강비가 용림당으로 전서구를 보내서 천면수라에 대한 설명과 그녀가 진검룡과 민수림을 미행하고 있다는 사실을 알려주었다.

이후 현수란, 태동화 등과 술을 마시다 말고 민수림이 갑자기 밖에 나갔었는데 나중에 이 여자를 제압해서 어깨에 메고 돌아와서는 천면수라라고 말했다.

진검룡은 충분한 시간을 갖고서 제아무리 자세히 뜯어봐도 삼십 대 중반의 평범한 용모를 지닌 여자에게서 특별하기는커녕 별다른 눈에 띄는 점을 하나도 발견하지 못하여 실망스러운 표정을 지었다.

'이 아줌마가 무림백대살수 중 한 명이며 가공한 살인 성공률의 소유자라는 말인가? 허참! 개가 웃을 일이로군.'

그러다가 그는 문득 민수림이 이 여자를 제압해서 가두어 놓았다는 사실을 새삼스럽게 떠올렸다.

이 여자가 별 볼 일 없는 존재라면 민수림이 그렇게까지 하지는 않았을 것이다.

민수림이 신경을 썼다면 쓴 만큼 그만한 가치가 있는 여자라는 뜻이 아니겠는가.

진검룡은 청랑 머리맡에 쪼그리고 앉아서 그녀의 얼굴과 턱, 어깨를 자세히 살펴보았다.

'수림이 이 여자의 혼혈과 마혈, 아혈을 제압했을 테니까 일단 혼혈을 해혈해서 깨어나게 해보자.'

진검룡은 청랑의 혼혈을 해혈하기 위해서 민수림이 가르쳐 준 것을 떠올리려고 잠시 기억을 더듬다가 어느 순간 서슴없이 손을 뻗어 그녀의 왼쪽 관자놀이와 오른쪽 귀밑, 왼쪽 어깨 빗장뼈 바깥쪽 세 곳을 차례로 눌렀다.

스스슷…….

그 세 군데가 혼혈을 해혈하는 혈도다.

그런데 청랑에게서 아무런 변화가 없어서 진검룡이 고개를 숙여 그녀의 코에 귀를 갖다 댔더니 고른 숨소리가 들려서 일단 안심했다.

그런데 그때, 청랑이 스르르 눈을 뜨다가 무언가 시커먼 물체가 자신의 얼굴 한 뼘 위에서 굽어보고 있는 것을 발견하고, 혼비백산해서 마혈이 제압되어 있는데도 불구하고 눈을 휘둥그렇게 뜨며 세차게 경련을 일으켰다.

푸다다닥!

"우와앗!"

그 바람에 아무 생각 없이 고개를 들던 진검룡은 청랑이 급습하는 줄 알고 깜짝 놀라서 그녀의 얼굴을 향해 냅다 주먹을 날렸다.

우지끈!

끅…….

청랑은 입과 코가 짓뭉개져서 피투성이가 됐으면서도 아혈이 제압되어 신음 소리조차 내지 못했다.

진검룡은 펄쩍 튀어 올라 뒤로 물러나며 화드득 몸서리를 치면서 소리쳤다.

"야아! 깜짝 놀랐잖아……!"

얼굴이 피떡이 된 청랑은 핏발이 곤두선 눈으로 간신히 진검룡을 쳐다보았다.

'으으… 뭐야, 이놈은…….'

쪼그려 앉은 진검룡은 오리걸음으로 어기적거리며 다가가서 청랑을 물끄러미 굽어보았다.

"천면수라야, 너 어째서 잡혀 온 거냐?"

"……."

얼굴 정면이 짓이겨진 청랑은 너무 아파서 오만상을 쓰고 있지만 콧등과 입술이 깨지고 찢어져서 피를 철철 흘리는 바람에 그녀의 표정이 파묻혀 버렸다.

　'야, 이 바보 멍청아… 너 같으면 아혈이 제압됐는데 대답할
수 있겠느냐?'

第二十八章

천면수라의 수난

청랑은 진검룡이 민수림과 같이 있던 청년 즉, 전광신수라
는 것을 한눈에 알아보았다.

그런데 자신을 제압한 천상옥녀는 어디로 가고 어째서 전
광신수가 불쑥 나타나 다짜고짜 얼굴을 짓이겨서 피떡으로
만든 것인지 알 수가 없는 일이다.

진검룡은 천면수라에게서 무언가를 알아내겠다는 생각 자
체를 하지 않았었다.

단지 무림에서 쟁쟁한 살수라는 천면수라가 어떻게 생겨먹
었는지 궁금해서 와봤을 뿐이다.

그런데 직접 본 천면수라는 실망이다. 이런 여자가 무슨 무

림백대살수 중 한 명이라는 말인가. 그렇다면 지금 항주를 떠들썩하게 만들고 있는 전광신수 진검룡 자신은 장차 무림제일인이 되고도 남을 것이다.

그러나 그는 처음부터 천면수라에게 볼일이 없었지만 막상 그녀를 보니까 한 가지 하고 싶은 일이 떠올랐다.

그는 청랑을 잡고서 일으켜 세웠다.

"너 나 좀 도와다오."

혈도가 제압되어 통나무나 다름이 없는 자신더러 무엇을 도와달라는 것인지 청랑으로서는 알 수가 없다.

하지만 알 수 없는 것은 그것만이 아니다. 음습한 불길함이 등줄기에 스멀거렸다.

'으으… 이 나쁜 자식아! 차라리 죽여라……!'

청랑은 이를 부득부득 갈면서 눈알이 빠지도록 진검룡을 노려보았다.

그녀는 선실 한가운데의 기둥에 밧줄로 몸이 칭칭 묶인 상태로 서 있으며 분노로 치를 떨고 있다.

진검룡에게 주먹으로 맞아서 피범벅된 얼굴을 닦지 않았으므로 피투성이 섬뜩한 몰골이다.

지금 진검룡은 그녀의 온몸을 살아 있는 표적으로 삼아서 혈도 연마를 하고 있는 중이다.

타타타탁! 파파팟!

'아흐으윽······!'

이번에는 진검룡이 어떤 혈도들을 어떻게 찍었는지 청랑은 왼쪽 가슴과 왼쪽 옆구리, 그 아래 골반과 허벅지의 뼈와 살이 한꺼번에 분리되고 흐느적흐느적 녹아버리는 것 같은 괴이한 느낌을 받고 속으로 숨넘어가는 신음을 터뜨렸다.

그녀는 여전히 혼혈만 풀어지고 마혈과 아혈은 제압된 상태라서 움직이지도 못하고 신음 소리조차 낼 수가 없는 형편이라 그야말로 죽을 맛이다.

방금 전에 진검룡이 열두 개의 혈도를 찍는 순간 그녀는 이상한 느낌에 몸을 비틀었지만 그것은 여태까지 받은 수백 번의 괴상망측한 느낌에 비하면 아무것도 아니다.

그녀가 여태까지 살아오면서 경험했던 느낌들은 아프고 따갑고 쓰리고 화끈거리고 시큰거리는 등등의 것들이었는데, 지금 이곳에서 느끼고 있는 느낌은 예전에는 전혀 알지 못했던 것들이었다.

그렇다고 무조건 아프기만 한 것도 아니다. 진검룡이 한꺼번에 여러 개의 혈도를 찍으면 물론 아플 때도 있지만, 대부분 아픔하고는 거리가 먼 묘한 느낌을 동반한다.

찌릿하거나 몸이 녹는 것처럼 흐느적거리면서 아련한 느낌이거나 온몸 뼈마디들이 다 시큰거리거나 등골이 쑥 빠지는 것 같기도 하고 어떨 때는 너무 황홀하고 몽롱하기도

했다.

그러나 진검룡은 그녀가 어떻게 되든지 상관하지 않고 제할 일에만 열중하고 있다. 지금 그에게 중요한 것은 혈도 연마이기 때문이다.

'그렇다면 이번에는……'

청랑 정면에 선 진검룡은 심호흡을 하면서 두 손 열 손가락에 약간의 공력을 주입했다.

이번에 그는 인간 몸에 있다는 스물네 개의 사혈을 한꺼번에, 그리고 거의 동시에 찍어볼 생각이다.

민수림은 사혈을 찍을 경우에는 최다 세 곳을 넘기면 소용이 없다고 말했었다.

어차피 사혈은 한 곳만 정확하게 찍으면 죽는데 세 곳씩이나 찍는 것은 불필요하기 때문이다.

그래도 확실을 기하기 위하여 두 곳 혹은 세 곳까지 사혈을 찍기는 하는데 그 이상은 불필요하다는 것이다.

그렇지만 진검룡은 사혈 스물네 군데를 한꺼번에 다 찍어보고 싶다는 생각을 했다. 그러면 어떤 결과가 나올지 궁금하기 때문이다.

물론 죽을 정도의 세기가 아니라 상대를 죽일 수 있는 반의 반 정도의 세기로 찍을 생각이다.

온몸과 정신이 너덜너덜해진 청랑은 눈앞에 서 있는 진검룡의 표정을 보고 정신이 번쩍 들었다.

'이… 이놈이 이번에는 무슨 짓을 하려고……'

지금 진검룡의 표정은 그 어느 때보다도 진지하고 심각해서 그걸 보는 청랑은 아연 긴장하고 말았다.

그의 표정은 여태까지 수백 번 혈도를 찌를 때마다 표정이 제각각 달랐다.

어떨 때는 개구쟁이처럼 히죽히죽 웃었고 또 어떨 때는 잔인한 표정을 지었으며, 또는 고개를 갸웃거리면서 심각한 표정을 짓기도 했다.

그런데 지금은 그 어느 때보다도 표정이 진지해서 차라리 엄숙할 정도다.

그걸 보고 청랑은 극도로 긴장하여 몸이 제멋대로 가늘게 푸들푸들 떨렸다.

민수림이 진검룡에게 가르쳐 준 바에 의하면 누군가의 사혈을 찍어서 죽이기 위해서는 손가락에 적당한 세기의 공력을 주입해야 한다.

그런데 지금 진검룡은 상대를 죽이기 위해서 필요한 세기의 삼 푼 정도만 열 손가락에 골고루 분산하여 주입했다. 그러면 어느 정도 고통을 느끼겠지만 죽지는 않을 것이다.

슥……

그가 열 손가락을 치켜세우고 한 걸음 바싹 다가들자 청랑은 눈을 부릅뜨고 그를 쏘아보았다.

'으으으… 하지 마! 이 변태 같은 놈아! 무엇을 하려는 건지 모르지만 제발 하지 마……!'

진검룡은 그녀의 처절함에 가까운 표정을 보고 제 딴에 위로라고 해주었다.

"죽이지는 않을 테니까 너무 그렇게 겁먹지 마라. 응? 잠깐이면 끝난다."

그렇지만 그 위로는 조금도 먹히지 않았다. 오히려 '죽이지는 않을 테니까'라는 말이 '이번에는 죽음에 가까울 정도로 고통스러울 것이니까 그렇게 알아'라는 해석으로 들려서 더욱 공포스러웠다.

"자… 간닷!"

청랑이 공포에 질리거나 말거나 진검룡은 기합성을 터뜨리며 청랑을 향해 달려들며 열 손가락을 찔러 나갔다.

청랑은 진검룡의 열 손가락이 자신을 향해 돌진하는 것을 보며 눈을 부릅떴다.

그녀가 지금 눈앞에 대하고 있는 이런 공포심은 열아홉 평생에 단 한 번도 느껴보지 못했던 초유의 것이다.

청랑은 이를 바득바득 갈았다.

'이노오옴! 내가 죽지 않고 살아난다면 반드시 네놈의 껍질을 벗겨놓고 말 테다……!'

다음 순간 진검룡의 열 손가락이 청랑의 눈앞에서 신들린 듯이 춤을 추었다.

슈슈슈우웃!

상대를 즉사시킬 수 있는 세기의 삼 푼을 주입했다고는 하지만 사실 열 손가락이 하나같이 정확하게 균일한 세기일 수는 없다.

아주 미세하게 세기가 제각각 달랐다. 그리고 그 다름은 진검룡 자신만이 알고 있으며 그 피해는 고스란히 청랑이 감당해야 할 몫이다.

파파파파파팍!

'흐으윽!'

진검룡의 열 손가락이 스물네 개의 사혈을 죽지 않을 정도의 세기로 한꺼번에 찌르자 청랑이 온몸을 비틀면서 속으로 자지러지는 신음 소리를 터뜨렸다.

진검룡은 순식간에 청랑의 스물네 곳 사혈을 찍고는 숨을 멈추고 긴장한 표정으로 그녀를 지켜보며 헐떡거렸다.

"하악… 학… 학……."

어찌 된 일인지 그가 거친 숨을 몰아쉬었다.

이번 수법에 전 공력을 주입하지 않았는데도 이러는 이유는 극도로 신경을 썼다는 뜻이다.

그런데 갑자기 청랑이 몸을 부르르 떨더니 고개를 푹 숙이면서 축 늘어졌다.

진검룡이 급히 확인했더니 청랑은 죽지는 않았지만 숨결이 매우 미약하고 맥이 거의 뛰지 않았다.

"이런……."

그는 움찔 놀라서 급히 청랑을 묶은 밧줄을 풀고 그녀를 바닥에 편안한 자세로 눕혔다.

그렇지만 그가 할 수 있는 일은 거기까지뿐이다. 의술에 대해서 문외한인 그는 어쩔 줄 모르고 당황해서 더 이상 아무것도 하지 못했다.

'제기랄, 사혈 스물네 군데를 한꺼번에 찔렀으니 온전할 리가 없겠지.'

그제야 후회가 들었다. 그는 청랑을 살아 있는 시험 대상으로 삼아서 혈도 연마를 하다가 마지막으로 사혈 스물네 군데를 찔러서 그 반응을 보고 끝내려고 했다.

그런데 마지막에 청랑이 정신을 잃고 저승 문턱을 넘고 있는 것이다.

진검룡은 청랑 옆에 쪼그리고 앉아서 전전긍긍했지만 아무런 방법도 생각나지 않았다.

"이거 정말 답답하네……."

그는 천면수라하고는 추호도 원한이 없다.

오히려 그녀를 시험 대상으로 삼아서 혈도 연마를 실컷 한 덕분에 혈도에 대해서는 이제 빠삭하게 알게 되었으니 그녀에게 큰 빚을 졌다고 할 수 있다.

그런 그녀를 이대로 죽게 내버려 둔다면 진검룡은 죽을 때까지 찜찜함을 떨쳐 버리지 못할 터이다.

그는 문을 쳐다보았다. 이럴 때 민수림이 있다면 청랑을 아무렇지도 않게 살릴 수 있을 텐데 하필 이럴 때 그녀는 어디 먼 곳에 가고 없다.

그렇기 때문에 청랑의 생사는 오로지 진검룡에게 달려 있다. 아무도 그를 도와줄 수 없는 상황이다.

"아… 미치겠네……."

청랑이 타인의 혈도 시험 대상이 됐다가 생사지경에 놓인 것이 처음이라지만, 진검룡도 자신하고는 아무런 은원 관계도 없는 사람을 이 지경으로 만들어놓고서 죽어가는 모습을 지켜봐야 하는 것이 처음이다.

만약 다른 사람 같으면 이런 상황에 나 몰라라 해버리는 것이 다반사일 것이다.

그렇지만 진검룡은 절대로 그러지 못한다. 만약 청랑이 잘못된다면 그때부터 그는 밥을 먹어도 툭하면 체하고 말 것이다. 마음이 편하지 않기 때문이다.

원래 그는 그런 사람이다. 그런 사람을 내유외강(內柔外剛)이라고 한다.

초조함이 극에 달한 그는 다시 청랑의 코에 귀를 대보았다.

호흡이 거의 느껴지지 않았다. 가슴에 귀를 대니까 심장은 아예 뛰지 않는 것 같았다.

"아아… 돌아버리겠다. 정말……."

다급해진 그는 두 손으로 청랑의 얼굴을 감싸 쥐고는 안타깝게 중얼거렸다.

기분 탓인지 아니면 정말인지, 두 손으로 감싸 쥔 청랑의 얼굴이 싸늘했다.

그가 많은 사람을 죽여보지는 않았지만 사람이 죽으면 몸이 싸늘해진다는 사실을 잘 알고 있다. 즉, 이 여자가 죽어가고 있다는 얘기다.

그때 문득 그의 뇌리를 스치는 생각이 있다.

'가만! 사혈이 있으면 생혈(生穴)이 있지 않을까?'

학식이라곤 없는 진검룡이지만 그가 알고 있는 상식으로 생각했을 때 세상의 모든 이치라는 것은 두 가지가 항상 상반되는 개념이었다.

하늘이 있으면 땅이 있으며 음과 양이 있고 남자와 여자, 생과 사, 불과 얼음 등 삼라만상 그 어떤 것치고 서로 상극(相剋)이 아닌 것이 없다.

그러므로 진검룡이 청랑의 사혈 스물네 곳을 찔러서 죽게 만들었다면 그녀를 살릴 수 있는 생혈이라는 것이 반드시 존재할 것이라는 게 그의 생각이다.

그는 손을 떼고 매우 진중한 표정으로 그녀를 굽어보면서 중얼거렸다.

"좋아. 한번 해보자……!"

그는 손바닥을 비비다가 지그시 눈을 감고 자신이 배운 혈도들을 머릿속으로 하나씩, 그러나 빠른 속도로 정리해 나가기 시작했다.

돌이켜 생각해 보니까 그가 민수림에게 배운 혈도의 수가 무려 수천 개에 달했다.

그녀는 그 혈도들이 모두 중요하니까 무조건 달달 외워야 된다고 말했다.

그렇지만 상식적으로 생각할 때 인체에 중요한 혈도가 어떻게 수천 개나 된다는 말인가.

골똘히 생각에 잠긴 그는 오래지 않아서 혈도들이 많이 중복됐다는 사실을 깨달았다.

그래서 중복되는 혈도와 중요한 대혈, 요혈들을 최종적으로 분류해 내니까 모두 삼백육십오혈(三百六十五穴)이다.

사실 인체의 중요 혈도는 모두 삼백육십오혈이며 그것들만 잘 연구해서 다룬다면 산 사람을 죽이는 것은 물론이고 죽은 사람도 살릴 수 있는 능력을 얻게 된다.

그뿐만 아니라 인간의 생로병사에 관한 한 신의 경지에 이른 능력을 발휘할 수가 있을 터이다.

그러나 진검룡이 지금 당장 필요한 것은 청랑을 살리는 일이다. 즉, 생혈을 찾아야만 한다.

"음……."

그는 고개를 숙이고 끙끙거리는 신음 소리를 내면서 한동안 이것저것 뜯어 맞추고 정리하다가 이윽고 고개를 들면서 어금니를 꼭 깨물었다.

'좋아. 내가 골라낸 생혈은 이것들인데 이게 실패한다면 나도 어쩔 수가 없다.'

그는 곰곰이 궁리한 끝에 삼백육십오 개의 중요 대혈과 요혈 중에서 열두 개를 생혈로 골라냈다.

사실적으로 말하자면 그는 오늘 아침부터 혈도를 배우기 시작한 완전 초보다.

그렇기 때문에 여태까지 그가 청랑에게 저지른 짓과 지금부터 저지르려고 하는 짓을 누군가 본다면 그를 미쳐도 더럽게 미친 놈이라고 말할 것이 분명하다.

그는 똑바로 누운 자세인 청랑의 머리에서부터 발끝까지 찬찬이 훑어보면서 자신이 정한 열두 개의 생혈들을 하나씩 자세히 살펴보았다.

이마 중앙의 신회혈, 목 아래쪽 천돌혈, 가슴 한복판 중부혈과 양쪽 가슴 아랫부분 기문혈과 유근혈, 복부의 기해혈, 배꼽에서 손가락 두 개 거리의 치골 부위 중극혈까지 일곱 개 칠혈이 몸 앞쪽에 있다.

그리고 등 중앙의 위쪽 신주혈, 등허리의 명문혈, 왼쪽 엉덩이 환도혈, 오른쪽 엉덩이와 허벅지 경계 부위의 포황혈, 마지막으로 음문과 항문 사이의 회음혈까지 총 십이혈이다.

＊　　　＊　　　＊

진검룡은 잠시 고심 끝에 청랑의 옷을 벗겼다.

그녀가 옷을 입고 있는 상태에서는 겉으로 드러나 있는 이마의 신희혈 하나를 제외하고는 열한 곳의 생혈들이 모두 옷 속에 감춰져 있는 상태라서 진검룡으로서는 정확하게 식별하기 어렵다.

설사 의술이 뛰어난 의원이나 무림고수라고 해도 치료를 목적으로 혈도를 타격할 경우에는 환자의 옷을 모두 벗기는 것이 기본이니까 진검룡이 잘못하거나 지나친 것은 없다. 외려 잘했다고 칭찬을 받을 일이다.

그는 청랑을 한 차례 훑듯이 살펴보면서 공력을 끌어올렸다.

그가 살펴보는 것은 열두 개 생혈의 정확한 위치다.

청랑의 얼굴은 삼십 대 중반의 평범하고 흔한 용모지만 몸매는 늘씬하며 살결이 티 한 점 없이 희고 뽀얗다.

그렇지만 여자의 몸을 민수림 외에는 본 적이 없는 진검룡은 그녀의 얼굴 용모와 몸매가 다르다는 사실을 전혀 알지 못했다.

설혹 여자들에 대해서 알고 있었다고 해도 한 사람이 죽느냐 사느냐 하는 판국에 진검룡은 그런 것에는 추호도 신경을 쓰지 않을 성격이다.

지금 그가 하려는 일은 공력을 두 손에 주입하여 청랑의 생혈 열두 군데를 지그시 찔러보는 것이다.

그렇게 해서도 효과가 없으면 생혈을 쓰다듬거나 주물러 볼 생각이다.

그것이 무림에서도 일류고수 이상만이 시전할 수 있다는 추궁과혈(推躬過穴)이라는 수법이지만 그런 것을 알 리가 없는 진검룡이다.

진검룡은 충분한 시간을 두고 청랑의 생혈 열한 군데를 찌르면서 공력을 주입하고 이제 마지막 한 군데 생혈만 남겨두고 있는 상황이다.

그는 생혈 한 곳을 찌르면서 열 호흡 동안 공력을 주입했으며 다음 생혈로 넘어가는 간격이 다섯 호흡이다.

그러니까 지금까지 열한 개의 생혈을 찌르고 공력을 주입하는 데 약 반각 정도의 시간이 소요됐다.

그는 마지막 생혈 한 군데를 남겨두고서 잠시 머뭇거리고 있는 중이다.

마지막 생혈이 회음혈이기 때문이다. 음부와 항문 사이 깊숙한 곳에 위치한 회음혈은 생혈인 동시에 사혈이다.

인체에서 가장 중요한 대혈 열 개를 꼽으라면 그중에 회음혈이 들어갈 정도로 중요한 혈도다.

제아무리 저잣거리에서 되는 대로 막 굴러먹은 데다 여자에 대해서는 아무것도 모르는 숙맥인 진검룡이라고 하지만, 회음혈을 손가락으로 찌르고 공력을 주입해야만 하는 상황에 이르러서는 자연히 머뭇거릴 수밖에 없다.

그러나 고민은 그리 길지 않았다.

어차피 해치워야 하고 그래야지만 청랑이 소생할 수 있을 것이라고 판단한 그는 어금니를 한 번 꽉 깨물고는 더 늦기 전에 해치워야겠다고 결심했다.

슥―

마지막 열두 번째 생혈 회음혈까지 마친 그는 긴장된 표정으로 그녀의 얼굴을 쳐다보았다.

그런데 그가 지켜보고 있는 사이, 기적처럼 청랑의 얼굴에 발그스름한 생기가 돌기 시작했다.

"됐다……!"

진검룡의 입가에 미소가 번졌다. 자신이 힘들여서 찾아낸 방법이 들어맞았다는 안도의 미소다.

그는 한숨을 길게 내쉬면서 이것으로 자신이 할 일은 다 했다는 생각을 하며 청랑이 깨어나기를 기다렸다.

'후훗! 조금 애먹기는 했지만 훌륭하게 해냈어.'

하지만 세상일이라는 것이 마음먹은 대로만 된다면 얼마나 좋겠는가.

그의 기고만장한 마음은 오래가지 못했다. 잠시가 지나도록 청랑이 그 이상의 반응을 보이지 않고 눈도 뜨지 않으며 그대로 누워 있었기 때문이다.

'왜 그런 거야?'

진검룡은 미심쩍은 마음으로 그녀의 호흡과 심장박동을 확인해 보았다.

청랑은 아까 죽어가던 때보다는 조금 나아진 것 같은데 그것뿐 여전히 깨어나지 않았다.

말하자면 숨만 겨우 붙어 있는 산송장 같은 상태라서 진검룡으로서는 만족할 수가 없는 상황이다.

그는 미간을 잔뜩 찌푸린 채 미동도 하지 않고 누워 있는 청랑을 노려보듯이 주시하며 생각에 골몰했다.

'생혈의 위치는 맞는 것 같다. 그렇다면 생혈을 찌르면서 공력을 주입하는 것으로는 부족하다는 것인가?'

그는 속으로 중얼거리다가 문득 '공력 주입'이라는 대목에 생각이 미쳤다.

'손가락으로 잠시 동안 공력을 주입하는 거로는 부족한 것이로군. 그렇다면 생혈에 더 많은 공력을 주입하면 소생하지 않을까?'

거기까지 생각한 그는 또다시 흥미와 활기를 되찾았다.

그는 자신이 생각해 낸 방법으로 청랑을 살릴 수 있을 것이라고 믿었다.

그런 것은 평소 생각이 깊고 경거망동하지 않는 사람들만의 특징이다.

그는 어깨를 활짝 폈다.

'좋아! 그렇다면 이번에는 생혈 부위에 좀 더 많은 공력을 주입해 보자.'

그는 오로지 청랑을 살리겠다는 일념뿐이라서 다른 것은 생각할 겨를이 없다.

"헉헉헉… 아직 멀었나?"

진검룡은 비지땀을 뻘뻘 흘리면서 부지런히 생혈을 늘렸다.

그는 벌써 반시진 동안 생혈 열두 군데를 주무르면서 손바닥을 통해 공력을 주입하고 있는데 그녀는 아직 이렇다 할 소생의 반응을 보이지 않았다.

그는 반시진 동안 청랑의 생혈에 공력을 주입하느라 파김치가 돼버렸다.

공력이야 시간이 지나고 운공조식을 하면 자연히 원상회복되겠지만 지금 당장은 공력이 밑바닥을 보인 상태라서 죽을 지경이다.

더구나 온 힘을 다해서 주물러 댔더니 두 손에 감각이 사라지고 손목이 시큰거렸다.

특히 청랑의 양쪽 가슴 부위 기문혈과 유근혈에 공력을 주입하는 것이 여간 힘든 일이 아니다.

하지만 그것은 회음혈에 공력을 주입하는 것에 비하면 조족지혈 정말 아무것도 아니다.

정말이지 필사적인 정신력과 노력이 필요하다.

그렇다고 해서 다른 생혈들은 고루 세 번씩 주무르며 공력을 주입했는데 그곳만 한 번 할 수도 없는 일이다.

다른 곳들을 세 번 했으면 다른 곳들도 공평하게 세 번 해줘야지만 공력을 고르게 주입했다고 할 수 있다.

지금 진검룡은 세 번째이자 마지막으로 회음혈에 공력을 주입하고 있는 중이다.

'젠장. 장차 무림제일인이 되겠다는 내가 도대체 이게 무슨 꼴이냐?'

어쨌든 그는 땀범벅이 되어 여러 혈도에 손바닥을 밀착시킨 채 안간힘을 쓰면서 공력을 주입하고 있는 중이다.

바로 그때, 청랑이 정신을 차리고 눈을 뜬 사실을 진검룡은 추호도 알지 못했다.

청랑은 눈을 깜빡거리다가 이상한 느낌에 조금 고개를 들고 앞쪽을 쳐다보았다.

"⋯⋯."

그러다가 자신의 아래쪽에서 한 사람이 고개를 잔뜩 숙인 채 뭔가를 하고 있는 광경을 보게 되었다.

그녀는 그 사람이 무엇을 하고 있는지는 정확하게 모르지만 이상한 느낌에 놀라서 몸이 단단하게 굳었다.

그런 것도 모르고 있는 진검룡은 이윽고 공력 주입을 끝내고 청랑의 회음혈에서 손을 떼면서 긴 한숨을 토해냈다.

"휴우… 이제 끝났다."

땀범벅인 그는 상체를 세우면서 소매로 얼굴의 땀을 닦으며 무심코 청랑을 쳐다보다가, 그녀가 고개를 조금 들고 자신을 말끄러미 바라보고 있는 것을 발견하고는 놀라서 심장이 콩알처럼 오그라들었다.

"으악!"

자지러지는 비명과 함께 그는 몸을 던지면서 다짜고짜 그녀에게 오른손 주먹을 날렸다.

그러나 그 짧은 순간에 그는 어떻게 된 상황인지 재빨리 깨닫는 즉시 주먹을 멈추었다.

그의 주먹은 청랑의 얼굴 반 뼘 앞에 멈추어 있었다.

푹!

"악!"

그런데 청랑의 얼굴을 때리려고 몸을 던진 덕분에 그는 그녀의 몸에 엎드린 자세로 묵직하게 포개졌고 그녀는 뾰족한 비명을 질렀다.

더구나 두 사람이 마주 보는 자세로 포개지면서 우연히 입술까지 포개지고 말았다.

"……."

"……."

두 사람은 입술을 밀착시킨 채 눈을 화등잔처럼 크게 뜨고 서로를 쳐다볼 뿐 너무 놀란 나머지 꼼짝도 하지 않았다.

잠시 후에 퍼뜩 정신을 차린 진검룡은 머쓱한 표정으로 그녀에게서 떨어져 나오며 투덜거렸다.

"멍청아, 또 맞고 싶은 거냐?"

청랑이 따라 일어나 앉으면서 순진무구한 얼굴로 그를 빤히 바라보며 참새처럼 종알거렸다.

"제가 언제 맞았었나요?"

"어?"

진검룡은 두 가지 사실 때문에 크게 놀랐다.

삼십 대 평범한 용모였던 천면수라의 모습은 간데없고 십오륙 세 정도의 앳되고 예쁜, 그리고 깜찍하도록 귀여운 어린 소녀가 눈을 깜빡거리면서 그를 바라보고 있다.

그리고 또 한 가지는 마혈과 아혈이 제압됐던 그녀가 말을 하고 또 움직인다는 사실이다.

진검룡은 그녀를 쳐다보며 의아한 표정을 지었다.

"너… 누구냐?"

그의 시야에서 한시도 사라진 적이 없는 여자인데도 그렇게 물을 수밖에 없다.

청랑은 눈을 깜빡거리는데 그렇게 귀여울 수가 없다.

"글쎄요. 제가 누구죠?"

진검룡은 발끈했다.

"너 장난하냐?"

청랑은 방그레 예쁘게 미소 지었다.

"저 장난하는 게 아니에요."

그녀는 상체를 일으켜서 책상다리 자세로 앉고 나서 진검룡을 말끄러미 바라보았다.

"실례지만 제가 누군지 가르쳐 주시겠어요?"

"이게 무슨 헛소리를……."

진검룡은 그녀를 꾸짖으려다가 멈칫했다.

'이게 설마 기억을 잃은 것인가?'

설마가 아니라 그럴 가능성이 크다.

아까 그녀의 혈도를 수백 차례 찔렀을 때에는 괜찮았지만 마지막으로 사혈 스물네 군데를 한꺼번에 타격했을 때 그녀는 저승 문턱까지 갔었다.

만약 기억을 잃었다면 바로 그때였을 것이다.

그리고 삼십 대 여자가 십오륙 세 어린 소녀로 변한 것은 그녀가 천면수라이기에 가능한 일이다.

강비는 서찰에서 천면수라가 살수일 뿐만 아니라 얼굴이 수시로 변한다고 적었다.

진검룡이 그녀의 사혈과 생혈을 찍고 주무르는 과정에 역용수법이 풀려서 진면목이 드러났을 것이다.

진검룡은 어이없는 표정을 지었다.

'기억을 잃은 게 틀림없어… 이거야 원……'

그는 두 손으로 바닥을 짚고 얼굴을 청랑의 얼굴 가까이 가져가서 뚫어지게 주시했다.

'그나저나 설마 이게 진면목은 아닐 테지? 천면수라가 이렇게 어리고 귀여울 리가 없어.'

그때 청랑이 얼굴을 앞으로 밀어서 진검룡 얼굴과 닿을 듯이 가깝게 만들며 말했다.

"제가 누군지 생각하는 중인가요?"

"너 정말 네가 누군지 모르는 것이냐?"

청랑은 눈을 깜빡거리면서 고개를 까딱거렸다.

"정말 제가 누군지 몰라요."

이런 상황이 되면 어느 누구라도 펑펑 울거나 절망에 빠진 표정을 지어야 마땅할 텐데, 청랑은 남의 일인 것처럼, 아니, 자신하고는 전혀 상관이 없다는 듯 천진난만한 표정을 지었다.

진검룡은 무언가를 캐내려는 듯이 그녀의 커다란 눈을 쏘아보았다.

흑백이 뚜렷한 눈 속의 까만 눈동자에 진검룡의 모습이 비쳤다.

그가 아는 한 이렇게 해맑고 깊은 눈을 지닌 사람은 순수 그 자체라서 절대로 거짓말을 하지 않는다.

그러므로 지금 그녀가 하는 말은 사실이다.

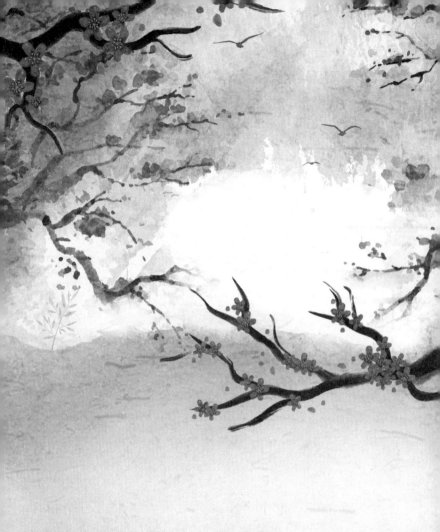

第二十九章

주종관계

"후우… 나도 네가 누군지 모르겠다."

진검룡은 청랑의 한 자 앞에 마주 보고 책상다리로 앉으며 긴 한숨을 내쉬었다.

"그런가요?"

자기가 누군지 모르겠다는데도 청랑은 방그레 미소 지으며 아무렇지도 않은 얼굴이다.

기억을 잃은 것은 그렇다고 쳐도 전혀 충격을 받지 않는 이런 상황은 무엇 때문인지 모르겠다.

문득 진검룡의 시선이 청랑의 얼굴에서 조금 아래쪽으로 내려갔다가 흠칫 놀랐다.

진검룡은 그녀가 아무것도 입지 않았다는 사실을 깨닫고 고개를 돌리면서 서둘러 손을 저어 재촉했다.

"어서 옷부터 입어라."

청랑은 그제야 자신의 몸을 내려다보다가 벌거벗은 사실을 깨닫고는 화들짝 놀라면서 급히 무릎을 세우고 두 팔로 무릎을 감싸 안았다.

"어맛?"

그녀는 고슴도치처럼 몸을 잔뜩 웅송그리고 진검룡을 바라보며 물었다.

"어째서 제가 옷을 입지 않고 있는 건가요?"

진검룡은 진지한 얼굴로 대답했다.

"아까 너는 매우 아파서 생사지경에 놓여 있었다. 그래서 너를 살리려고 너의 전신 생혈들에 공력을 주입하느라 옷을 벗길 수밖에 없었다."

그는 청랑에게 있는 그대로 말해주는 것은 지금 상황을 곤란하게 만드는 것이라고 생각해서 지금 상황에 적절한 부분만 설명했다.

기억을 잃은 사람에게 네가 누구이며 어쩌다가 이곳에 와서 이런 지경에 처하게 되었는지 고주알미주알 설명한다는 것 자체가 어불성설이다.

진검룡의 설명에 청랑은 고개를 끄떡이면서 몹시 감격하는 표정을 지었다.

"아아… 이제 보니까 상공께서 소녀의 목숨을 구해주셨군요… 소녀는 정말 몰랐어요……."

그녀는 자신이 진검룡의 혈도 연마 시험 대상이 되었다가 죽을 뻔했다는 사실을 꿈에도 모를 것이다.

진검룡은 그런 사실을 일부러 자세하게 설명해 줄 만큼 바보가 아니다.

청랑은 크고 아름다운 눈을 깜빡거렸다.

"소녀에 대해서 아시는 것이 있나요?"

진검룡은 고개를 가로저었다.

"전혀 없다."

청랑은 두 손을 가슴 앞에 모으고 간절한 표정을 지었다.

"그렇다면 소녀는 어쩌다가 사경에 처했나요?"

진검룡은 속으로 찔렸지만 겉으로는 천연덕스럽게 고개를 갸웃거리며 대답했다.

"글쎄다… 나는 네가 길가에 혼절한 채 쓰러져 있는 것을 발견했기 때문에 아무것도 모른다."

"그랬군요."

청랑은 착잡한 표정을 지은 채 약간 고개를 숙이고 골똘히 생각에 잠겨들었다.

진검룡은 그녀와 언제까지 마주 앉아 있을 수 없으므로 자신이 벗겨서 바닥에 놔두었던 그녀의 옷을 던져주고서 일어섰다.

"어서 입어라."

일어난 그는 청랑이 옷을 입을 동안 뒤돌아서서 팔짱을 끼고 잠시 생각에 잠겼다.

'수림한테는 이 상황에 대해서 뭐라고 설명하지?'

민수림이 청랑에게 무엇을 물어보려고 했거나 아니면 쓸모가 있어서 제압하여 데리고 왔을지 모르는데, 진검룡이 그녀의 기억을 잃게 해서 바보 천치로 만들어놨으니 민수림에게 한 소리 들을 게 분명하다.

"저… 주인님."

그때 등 뒤에서 청랑의 조그만 목소리가 들렸다.

조금 전에는 '상공'이라고 부르더니 어째서 이제는 '주인님'이라고 부르는지 진검룡은 어이없는 얼굴로 뒤돌아보았다.

"너 왜 그러고 서 있냐?"

그러나 그는 청랑이 왜 '주인님'이라고 부르는지 이유를 묻지 못했다.

그녀가 옷을 입을 생각을 하지 않고 옷으로 몸을 가린 채 우두커니 서 있었기 때문이다.

청랑은 해맑은 얼굴로 말했다.

"이것을 어떻게 입는 건가요?"

진검룡은 주먹으로 뒤통수를 한 대 호되게 얻어맞은 듯한 충격을 받았다.

"옷을 입을 줄 모른다는 말이냐?"

"네……."

기가 막히는 일이다. 기억을 잃었다고 어떻게 가장 기본적인 옷 입는 것마저 망각할 수 있다는 말인가.

그렇지만 옷을 들고 그를 바라보면서 천진난만한 표정을 짓고 있는 모습을 보면 그녀가 거짓말을 할 리가 없다. 아니, 그녀가 무엇 때문에 이런 상황에 거짓말을 하겠는가.

"그래서 나더러 어쩌라는 거냐?"

"옷 입혀주세요."

"뭐어……."

진검룡은 기가 막힌다는 표정을 지었다. 그는 태어나서 이날까지 다른 사람, 그것도 여자에게 옷을 입혀준 적이 한 번도 없었다.

그렇지만 그는 자신을 말끄러미 바라보는 청랑의 천진난만한 얼굴과 해맑은 눈빛을 보고는 이것이 냉엄한 현실이라는 사실을 깨달았다.

그가 옷을 입혀주지 않는 한 청랑은 언제까지나 저렇게 서있을 것이다. 그게 지금의 현실이다.

그렇다고 독보나 민수림이 올 때까지 기다리는 것은 정신나간 놈이나 하는 짓이다.

민수림도 그렇지만 독보에게는 절대로 이런 광경을 보여서는 안 된다.

현실을 깨달은 그는 청랑에게 다가가 손을 내밀었다.

"옷 이리 다오. 잘 봐야 한다."

"네."

청랑은 순순히 옷을 내밀고서 진검룡이 옷을 받아 자신의 몸이 드러나자 부끄러워 얼른 두 팔로 가렸다.

진검룡은 청랑의 몸을 봐야 하는 것이 내키지 않지만 옷을 입히자면 어쩔 수가 없어서 투덜거리듯이 말했다.

"그렇게 하고 어떻게 옷을 입겠느냐?"

"죄송해요."

그러자 청랑은 즉시 사과를 하더니 똑바로 서서 두 팔을 아래로 내렸지만 부끄러워하는 기색이 역력하고 몸도 똑바로 펴지 못한 채 굽힌 모습이다.

"……."

진검룡은 인상을 쓰면서 그녀를 쏘아보았다.

그의 시선 때문에 그녀는 부끄러워서 얼굴이 붉어지며 고개를 살포시 숙였다.

진검룡이 진땀을 뻘뻘 흘리면서 옷을 다 입혀주자 청랑은 환하게 웃으며 자신의 옷 입은 모습을 살펴보았다.

"주인님, 이제는 다 알겠어요. 다음부터는 소녀 혼자 입을 수 있을 것 같아요."

청랑에게 옷을 입히느라 기진맥진한 진검룡은 바닥에 주저앉아서 대꾸할 기운조차 없다.

그가 기진맥진한 이유를 구체적으로 말하자면 옷이 아니라 가슴 가리개와 속곳 때문이다.

가슴 가리개보다 만 배 이상 어려운 아랫도리 속곳을 청랑을 죽일 것처럼 윽박지르며 입히고 나서 그는 바닥에 쓰러져 한동안 숨을 헐떡거려야만 했었다.

청랑은 진검룡 앞에 쪼그려 앉으면서 걱정스러운 표정으로 그를 바라보며 물었다.

"주인님, 어디 아프세요?"

"너 주인님이 무슨 뜻인지는 아는 거냐?"

어디 아프냐는 청랑의 물음에 대답이 궁해진 진검룡이 말을 돌리려고 묻자 청랑은 순진하게 대답했다.

"물건이나 개 따위의 짐승에게 주인이 있는 것처럼 주인님께서 소녀의 소유주 즉, 주인이신 거예요."

이렇게 말할 때는 어느 누구보다도 똑똑한 것 같았다.

"네가 물건이나 개라는 말이냐?"

"물건은 아니지만 주인님에 대해서만은 개나 소 같은 존재라고 생각해요."

"허참……."

진검룡은 자기 자신을 개나 소에 비유하는 청랑 앞에서 너무 기가 막혀 말이 나오지 않았다.

진검룡이 용림당 갑판 아래 선실에서 나오자 청랑도 졸졸 따라 나왔다.

용림당 선수에 앉아서 호수에 낚싯대를 드리우고 있던 독보가 진검룡과 청랑을 발견하고 일어섰다.

"대사형."

"좀 잡았느냐?"

독보는 호수에 담가둔 망태를 들어 보였다. 망태 안에는 굵직한 물고기 수십 마리가 퍼덕거렸다.

"어머? 정말 많이 잡았군요!"

청랑이 어린아이처럼 들떠서 외치자 독보가 의아한 표정으로 진검룡에게 속삭이면서 물었다.

"대사형, 이 소저는 누굽니까?"

독보는 민수림이 천면수라를 제압해 와서 가둘 때 얼핏 본 적이 있지만 그때 그녀는 지금 같은 진면목이 아니었다.

"어……."

진검룡이 얼른 대답을 못 하자 청랑이 생글생글 웃으면서 대신 대답했다.

"소녀는 주인님의 종이에요."

"대사형, 무슨 말입니까?"

"귀담아듣지 마라."

독보가 어리둥절한 표정을 짓는 것을 보고 진검룡은 쓴웃음을 지으며 용림당에서 내려왔다.

청랑은 어디든지 졸졸 따라다니기 때문에 진검룡은 그녀가 가족들 눈에 띌까 봐 돌아다니지 못하고 자신의 방에 들어가서 두문불출했다.

그가 실내의 탁자 앞 의자에 앉자 청랑은 그의 옆에 두 손을 모으고 다소곳이 섰다.

"왜 거기에 서 있는 것이냐?"

진검룡이 묻자 청랑은 깜짝 놀라더니 그 자리에 그대로 무릎을 꿇었다.

"잘못했습니다."

진검룡의 말을 서 있지 말고 무릎을 꿇으라는 뜻으로 잘못 이해한 것이다.

진검룡은 이마를 찌푸렸다.

"무릎을 꿇으라는 말이 아니다. 일어서라."

청랑이 일어서자 진검룡은 그녀를 데리고 집 밖으로 나와 관도를 따라 항주 성내 쪽으로 걸어갔다.

그가 큰 걸음으로 성큼성큼 앞서 걸어가자 청랑은 종종걸음으로 부지런히 따라왔다.

날이 어둑어둑해질 무렵에 진검룡과 청랑은 집에서 오 리쯤 떨어진 두 갈래 길에 당도했다.

왼쪽 길로 가면 항주 성내가 나오고 오른쪽 길은 전당강으로 가는 길이다.

진검룡은 되도록 냉정하게 말했다.

"여기에서 너 가고 싶은 곳으로 가라."

진검룡이 자신을 버리려고 한다는 사실을 전혀 알지 못하는 청랑은 해맑은 얼굴로 말했다.

"소녀는 가고 싶은 곳이 없어요."

"나는 너를 데리고 있고 싶지 않으니까 서로 헤어져야 한다는 얘기다. 어서 가라."

그가 손을 젓자 그제야 청랑은 사태의 심각함을 감지하고 겁먹은 표정을 지었다.

"소녀를 버리시는 건가요?"

좋은 말로도 나쁜 말로도 그녀의 말이 맞기 때문에 진검룡은 고개를 끄떡였다.

"그렇다."

그는 어차피 그녀를 떨쳐 버리려고 여기까지 데리고 온 것인데 구차하게 변명하지 않았다.

"나는 네 이름조차도 모를 정도로 너에 대해서 아는 것이 하나도 없다. 그런데도 길에 쓰러져 있는 너를 외면할 수가 없어서 목숨을 구해주었는데 이제 와서 네가 나를 주인이라며 귀찮게 구는 것은 억지가 아니냐?"

그는 원래 학문을 배운 적이 없어서 말을 조리 있게 못 하지만 청랑은 제대로 알아들었다.

청랑은 슬픈 얼굴로 두 손을 가슴에 모으고 말했다.

"소녀가 주인님을 귀찮게 했나요?"

"그렇다."

"잘못했습니다. 용서하세요."

천면수라는 살성(殺星)이라고 불릴 정도로 잔인한 청부살수라고 들었는데 기억을 잃었다고 해서 이 정도로 착한 모습을 보인다는 것은 말이 안 된다.

그러니까 그녀가 이러는 것은 타고난 천성이 선하고 착하기 때문일 것이다.

기억을 잃은 사람이 앞뒤를 재고 머리를 써서 술수를 부리지는 못하니까, 그녀가 이러는 것은 타고난 고유의 천성이 순수하고 선하다고 봐야 한다.

그러니까 청랑은 원래 선한 본성을 타고났지만 후천적으로 살수가 되어 잔인한 성격이 되었을 것이다. 아니, 어쩌면 잔인하게 보이려고 애쓴 것인지도 모른다.

어쨌든 그렇다고 해서 진검룡은 그녀를 종으로 거두어 함께 살고 싶은 생각은 없다.

개방 항주분타의 강비라면 여러모로 도움이 되고 있지만 기억을 깡그리 잃어버린 천면수라 같은 것은 도움은커녕 거치적거리기만 할 뿐이다.

청랑이 땅바닥에 무릎을 꿇고 이마를 땅에 조아리며 용서를 빌지만 진검룡은 대답도 하지 않고 몸을 돌려 집이 있는 쪽으로 걷기 시작했다.

　　　　　*　　　　　　*　　　　　　*

　그때 등 뒤에서 청랑의 애절한 목소리가 들렸다.

　"소녀가 어찌하면 주인님께서 거두시겠어요?"

　진검룡은 걸음을 멈추고 뒤돌아보며 냉정한 표정을 지었다.

　"내가 널 데리고 있어야 하는 이유를 하나 말해봐라."

　"……."

　청랑은 이마를 땅바닥에 댄 채 흠칫했다.

　"거봐라. 너는 자신이 누군지도 모르는, 기억을 잃어버린 쓸
모없는 존재일 뿐이다."

　청랑은 꼼짝도 하지 않고 엎드려 있을 뿐이고 진검룡의 말
에 비참한 기분도 들지 않았다.

　다만 어떻게 하면 진검룡에게 버림받지 않을 것인가만 골똘
히 생각하고 있다.

　그녀는 진검룡의 발소리를 듣고 급히 고개를 들어 그를 바
라보았다.

　이미 땅거미가 자욱하게 깔린 관도에는 행인이 한 명도 보
이지 않았다.

　청랑은 절박한 표정으로 외쳤다.

　"무엇이든지 하겠어요!"

　그래도 진검룡이 걸음을 멈추지 않자 그녀는 두 주먹을 움

켜쥐고 외쳤다.

"소녀의 목숨을 걸고 주인님을 지키겠어요!"

"무엇으로 날 지킨다는 것이냐?"

진검룡은 돌아보지 않고 걸어가면서 약간 조롱하듯 말했다.

청랑은 목에 핏대를 세우며 외쳤다.

"나쁜 자들이 주인님을 해치지 못하게 막을 거예요!"

"어떻게 말이냐?"

청랑에게서 아무 대답이 없다.

'훗! 그러면 그렇지. 지가 무슨······.'

스릉······.

진검룡이 속으로 중얼거릴 때 오른쪽 귀 옆으로 흐릿한 음향이 흘렀다.

"······."

움찔한 그가 오른쪽을 쳐다보려고 하는데 앞쪽에서 미약한 음향이 들렸다.

서걱······.

그가 전방을 쳐다보자 이 장 거리의 관도 가장자리에 서 있는 나무 아래의 뒤쪽에서 뭔가 반짝이는 것이 튀어나와 허공으로 비스듬히 날아오르고 있다.

반짝이는 물체는 넓적한 접시처럼 수평으로 회전을 하면서 급격하게 방향을 틀어 이쪽으로 쏘아오는데, 속도가 매서운

바람처럼 빨랐다.

진검룡은 꼼짝도 하지 않고 서서 자신의 머리 위로 스치듯이 날아가는 반짝이는 물체를 올려다보았다.

예전 같으면 그게 무엇인지 모르겠지만 지금은 백삼십 년 공력이 있으므로 안력을 돋우어서 주시하니, 한 자루 칼날이 빠른 속도로 회전하면서 날아가고 있음을 알게 되었다.

"……!"

순간 그가 뭔가를 크게 깨닫고 재빨리 돌아보자 마침 청랑이 오른손을 내밀어서 칼날을 잡고 있다.

스사락…….

아니, 청랑이 칼날을 잡자마자 감쪽같이 사라지는데 그녀의 허리춤에서 뭔가 반짝거렸다.

설마 칼날이 그녀의 허리를 벤 것은 아닐 텐데 허리에서 사라져 버렸다.

그러고는 끝이다. 청랑은 아무 일도 없었다는 듯이 담담한 표정으로 그를 바라보고 있다.

'쟤 도대체 무슨……'

그가 놀란 얼굴로 내심 중얼거릴 때 뒤쪽에서 묵직한 기음이 터져 나왔다.

드그긍…….

급히 돌아보자 조금 전에 칼날이 스쳐 지난 관도 변의 아름드리나무가 통째로 밑부분이 잘려서 옆으로 기울고 있다.

우지직… 쿠쿵!

지축을 울리면서 거대한 나무가 땅에 쓰러지는 광경을 바라보고 있는 진검룡의 머릿속에서 폭죽이 마구 터졌다.

잘려서 자빠져 있는 나무나 그루터기만 남긴 나무나 똑같이 거울처럼 매끄럽게 잘린 모습이다.

'설마 방금 그것이……'

방금 전에 그는 아름드리나무 아래 뒤쪽에서 반짝이는 물체 즉, 칼날이 허공으로 솟구쳤다가 청랑에게 돌아가는 광경을 목격했다.

또한 그 전에 그는 자신의 오른쪽 귓전으로 스링… 하는 소리를 들었는데, 이제 보니까 청랑이 발출한 칼날이 스쳐 지나가는 음향이었다.

만약 청랑이 진검룡을 죽이려고 마음먹었다면 그는 손가락 하나 까딱하지 못하고 자신이 누구에게, 무엇 때문에 당한지도 모른 채 죽었을 것이다.

그 얘기는 청랑이 그보다는 고수라는 뜻인데 반박할 수 없는 사실이다.

조금 전에 청랑은 나쁜 자들이 진검룡을 해치지 못하게 막을 거라고 말했으며 그가 '어떻게?'라고 묻자 즉시 칼날을 날린 것이 분명하다.

진검룡은 등골이 쭈뼛해져서 청랑에게 주춤거리며 다가갔다.

"방금 그거 네가 한 거냐?"

청랑은 여전히 무릎을 꿇은 채 두 손으로 바닥을 짚고 공손히 대답했다.

"네, 주인님."

"어떻게 한 거냐?"

그는 청랑이 설명해 주기를 원한 것인데 그녀는 직접 시범을 보였다.

그녀의 오른손이 허리 근처를 만지는 것 같더니 슬쩍 앞을 향해 뻗어졌다가 끌어당기는 동작을 했다.

스릉…….

그녀의 앞에 진검룡이 있으므로 당연히 칼날이 회전하면서 그의 왼쪽을 스쳐 지나갔다.

그가 다급히 뒤돌아보자 칼날이 조금 전 자른 나무의 바로 옆 나무 밑을 스치고 지나가는 것이 보였다.

칼날은 밤하늘로 솟구쳐서 급회전하여 아까처럼 청랑을 향해 쏘아갔다.

진검룡은 그녀가 오른손을 내밀어 칼날을 잡는 것까지 보았지만, 다음 순간 칼날은 어느새 그녀의 허리 어림에서 반짝 빛을 발하더니 그나마도 스러져 버렸다.

우지직… 쿠쿵!

두 번째 나무가 쓰러지는 소리가 육중하게 들렸지만 진검룡은 돌아보지 않고 청랑에게 다가갔다.

어떻게 한 거냐고 묻는다면 이 순진한 소녀는 또다시 세 번째로 나무를 자를 것이 분명하다.

그는 청랑 앞에 멈춰서 그녀를 굽어보며 놀란 가슴을 억누르고 물었다.

"너 기억을 되찾은 것이냐?"

"아니에요, 주인님."

"그럼 무공을 어떻게 아는 거냐?"

"방금 그게 무공인가요?"

순식간에 아름드리나무를 두 그루나 통째로 자르고서도 그걸 자른 수법이 무공이냐고 되묻는 사람이 있다면 절대로 기억을 되찾은 것이 아니다.

"나무를 자른 무기가 무엇이냐?"

"이거예요."

청랑이 자신의 허리 어림을 만지더니 은색의 허리띠를 풀어서 내밀었다.

진검룡은 청랑이 놀리는 줄 알았다. 흐늘흐늘한 허리띠로 어떻게 아름드리나무를 통째로 자른다는 말인가.

그런데 그때, 놀라운 일이 일어났다.

스웅…….

청랑의 손에 있던 허리띠가 미약한 음향을 내면서 갑자기 뻣뻣해지며 은은한 은광을 흩뿌렸다.

그런데 청랑의 오른손에 쥐어져 있는 것은 틀림없는 칼, 아니, 검이다.

두 자 길이며 두 치 반의 폭에 양날은 손가락을 대면 잘릴 것처럼 예리했다.

"이게 뭐냐?"

"몰라요."

"이걸로 나무를 자른 것이냐?"

"보여 드릴까요?"

"됐다."

진검룡은 급히 손을 저었다. 청랑이 내민 것은 소수의 무림인이 사용하는 연검(軟劍)이지만 한 번도 본 적이 없는 그로서는 알 리가 없다.

그가 생각하기에 청랑은 기억을 잃었지만 천면수라의 무공은 본능적으로 알고 있는 듯했다.

자신이 지닌 무공에 대해서 구체적으로 설명할 수는 없지만 전개할 수는 있는 것 같았다.

스르……

청랑이 공력을 거두자 검이 다시 허리띠가 되었고 어느새 허리에 둘러졌다.

그녀는 여전히 무릎을 꿇은 채 두 손으로 바닥을 짚고 진검룡을 올려다보며 간절한 표정을 지었다.

"주인님을 위해서라면 언제라도 죽을 각오가 돼 있습니다. 부디 소녀를 버리지 마세요."

문득 진검룡은 청랑이 측은해 보였다. 그녀 말마따나 기억을 잃은 그녀가 어딜 가겠는가.

"그래. 같이 가자."

그는 툭 내던지고 집 쪽으로 걸음을 옮겼다. 그가 청랑을 받아들인 것은 그녀가 천면수라의 무공을 고스란히 지니고 있기 때문이지 측은지심 때문이 아니다.

청랑은 깜짝 놀라더니 땅바닥에 무수히 절을 하면서 울음을 터뜨렸다.

"으흐흑! 고맙습니다, 주인님⋯⋯!"

"안 따라오면 버리고 가겠다."

진검룡이 퉁명스럽게 중얼거리자 청랑은 깜짝 놀라서 벌떡 일어나 엎어지듯이 그를 뒤따라갔다.

"흐흐흑! 잘못했어요! 주인님!"

"울지 마라."

"우⋯ 울지 않아요⋯⋯! 흑흑⋯⋯!"

"거짓말하면 혼난다."

"⋯⋯."

진검룡이 집에 돌아오니까 민수림은 돌아와 있었다.

식구들 모두 그가 돌아오기를 기다리고 있었으므로 즉시 저녁 식사가 차려졌다.

사모님 상명이 기거하는 본채 식당에 그가 들어서자 사람들이 놀란 얼굴로 그를 뒤따르는 청랑을 주시했다.

식구들 중에서 청랑을 알아본 사람은 민수림하고 독보 두 사람이다.

민수림은 그녀를 제압하는 과정에 진면목을 봤었고, 독보는 아까 용림당에서 낚시를 하다가 봤지만 청랑이 누군지 전혀 모른다.

민수림은 조금 전에 귀가했기 때문에 용림당 갑판 아래 선실에 감금되어 있는 청랑을 확인하지 못했다가 진검룡을 따라서 들어오는 그녀를 보고 뜻밖이라는 표정을 지었다.

진검룡은 모두들 청랑을 주시하고 있어서 그녀를 소개하려는데 그녀가 먼저 두 손을 앞에 모으고 공손히 허리를 굽히며 인사했다.

"소녀는 주인님의 종이에요. 앞으로 잘 부탁드려요."

모두들 크게 놀란 표정을 지으며 진검룡과 청랑을 번갈아 쳐다보았다.

그러나 진검룡은 민수림이 제일 걱정이라서 얼른 그녀에게 전음을 보냈다.

[내가 실수해서 천면수라의 기억을 잃게 만들었습니다.]

'기억을 잃었다'라는 말에 민수림의 얼굴이 움찔하며 단단하게 굳어졌다.

그녀도 기억을 잃은 처지라서 이 일을 그냥 웃으며 넘기기 어렵기 때문이다.

민수림은 청랑의 모습을 자세히 살펴보고는 그녀의 표정이 매우 선해졌음을 알게 되었다.

얼마 전까지 민수림이 알고 있는 천면수라의 표정은 매우 살벌하고 냉혹했다.

그런데 무척이나 선한 표정으로 변했다는 것은 그녀가 기억을 잃었다는 것과 천성이 선하다는 사실을 증명했다.

민수림이 진검룡에게 전음을 했다.

[그녀 이름은 청랑이에요.]

[그렇습니까?]

진검룡은 가족들에게 알려주었다.

"이 아이의 이름은 청랑이에요. 그러니까 이제부터 랑아라고 부르세요."

청랑은 이름이 없는 자신에게 진검룡이 새 이름을 지어준 것이라고 생각하여 무척 기뻐했다.

식탁을 차리고 있는 상명이 진검룡에게 물었다.

"그녀가 너의 종이라는 것은 무슨 뜻이니?"

"그건……."

진검룡이 머뭇거리자 청랑이 상명에게 공손히 대답했다.

"제가 크게 다친 상태로 관도에서 죽어가고 있었는데 주인님께서 구해주셨어요."

상명과 장한지가 나직한 감탄을 터뜨리는데 진검룡은 급히 민수림을 보았다.

[수림, 내가 나중에 자세히 설명하겠습니다.]

민수림이 미소 지었다.

[알았어요.]

민수림으로서는 굳이 설명을 듣지 않아도 되지만 진검룡을 편하게 해주려고 그의 말에 따랐다.

그가 자기 입으로 직접 설명을 하지 않으면 내내 찜찜한 기분일 테니까 말이다.

第三十章

청성파 검법

　식사를 하는 동안 청랑은 음식을 한 가지 먹을 때마다 감
탄을 터뜨렸다.

　"아아……! 정말 맛있어요! 사모님!"

　청랑의 진심 어린 감탄에 상명은 무척 기뻐했다. 자고로 음
식 만드는 사람은 자신이 정성 들여서 만든 요리가 맛있다고
칭찬해 주는 사람을 제일 좋아하는 법이다.

　진검룡을 비롯한 가족들 모두 평소 상명의 요리에 만족하
고 맛있다는 칭찬을 아끼지 않는 편이지만 청랑의 칭찬에 비
할 바가 아니다.

　"이렇게 맛있는 요리는 생전 처음 먹어보는 것 같아요!"

진검룡은 기억을 잃은 청랑이 '생전 처음 먹는다'라는 말을 하자 실소가 났다.

그렇지 않아도 청랑은 어려 보이며 매우 예쁘고 귀여운 데 다 사근사근 붙임성이 좋아서 모두들 첫인상을 좋게 봤는데 이 집의 최고 어른인 상명의 요리를 극찬하는 터에 그녀의 마음에 쏙 들게 되었다.

평소에 진검룡의 식사 시중은 주로 장한지가 해오고 있다.

그런데 식사를 절반쯤 했을 때 청랑이 나서며 선언하듯이 엄숙하게 말했다.

"지금부터 주인님 식사 시중은 제가 하겠습니다."

모두들 청랑을 주시했고 생선 살코기를 발라서 진검룡에게 주려던 장한지는 동작을 뚝 멈추었다.

청랑은 생글생글 웃었다.

"어떻게 하는지 잘 봤는데 저도 할 수 있을 것 같아요. 제 가 실수를 하면 말씀해 주세요."

청랑은 장한지가 진검룡에게 주려던 생선 살코기를 자기가 젓가락으로 집어서 그의 밥그릇에 올려주었다. 그것은 조금 전까지 장한지가 했었다.

청랑의 말이나 그녀의 행동을 기분 나쁘게 보는 사람은 아 무도 없다. 다들 선한 사람들이기 때문이다.

장한지가 청랑을 빤히 바라보며 물었다.

"몇 살이에요?"

청랑은 자신의 나이가 몇 살이냐고 묻는 듯이 진검룡을 쳐다보았고 그는 민수림을 쳐다보았다.

그러나 민수림은 진검룡에게 아무 말도 해주지 않았다. 조금 전에 청랑의 이름을 말해주었는데 나이까지 말해준다면 그녀의 과거를 잘 알고 있는 것이라고 청랑이 오해를 할지도 모르기 때문이다.

민수림에게 대답을 듣지 못하자 진검룡은 장한지에게 어깨를 으쓱해 보였다.

"그건 모르겠다."

장한지가 의아한 표정을 지었다.

"어째서 그녀가 대답하지 않는 거죠?"

"랑아는 기억을 잃었다."

"아……."

모두들 크게 놀라자 진검룡이 상명에게 말했다.

"사모님, 그래서 기억을 다시 찾을 때까지 제가 데리고 있기로 했습니다."

상명은 안 됐다는 듯한 표정으로 크게 고개를 끄떡였다.

"그래. 룡아가 랑아를 잘 보살펴 줘라."

장한지가 청랑을 살펴보면서 말했다.

"키는 나보다 크지만 나이는 나하고 비슷한 거 같아요."

청랑은 장한지보다 키만 훨씬 큰 게 아니라 몸의 발육도 비교할 수 없을 정도로 탁월하다. 다만 얼굴이 지나치게 어려 보일 뿐이다.

"내가 보기에는 지아하고 비슷한 또래 같구나."

"그렇죠, 어머니?"

상명의 말에 장한지가 손뼉을 치며 반색했다. 또래 여자아이가 생겨서 좋기 때문이다.

상명이 청랑에게 말했다.

"랑아, 지아하고는 친구로 지내고 보아한테는 오빠라고 불러야 한다."

"네."

청랑은 생글생글 웃으며 대답했다. 이렇게 해서 그녀는 자신보다 한 살 어린 독보를 오빠로, 네 살 어린 장한지하고는 친구로 지내게 되었다.

또한 그녀는 가족들을 만난 지 한 시진도 지나지 않아서 마치 오래전부터 한 가족이었던 것 같은 놀라운 친화력을 보여주었다.

식사 후 민수림은 진검룡을 따라 그의 방에 갔다.

민수림이 진검룡에게 해줄 말이 있고 또 그에게 들을 말도 있어서다.

"수림, 어째서 저녁 식사를 시원치 않게 한 겁니까?"

"입맛이 없어서요."

탁자를 사이에 두고 앉자마자 진검룡이 물었고 민수림은 엷은 미소를 지으며 대답했다.

"술 마시겠습니까?"

진검룡이 넌지시 말하자 아니나 다를까 민수림이 기다렸다는 듯이 반색했다.

"그럴까요?"

그녀는 술이라면 마다하지 않는다.

진검룡이 일어섰다.

"용림당으로 가죠. 거기가 호젓해서 좋겠습니다."

"그래요."

두 사람이 방을 나오자 방 밖에 무릎을 꿇고 있던 청랑이 발딱 일어섰다.

"주인님, 어디 가세요?"

"랑아, 앞으로 무릎 꿇지 마라."

"네?"

"절대로 무릎 꿇지 마라."

"그렇지만……."

"어떤 상황이든지 한 번만 더 내 앞에서 무릎을 꿇는다면 내쫓겠다."

청랑은 화들짝 놀라서 급히 고개를 숙였다.

"알겠습니다."

진검룡은 술상을 차리러 주방으로 가려다가 말고 청랑에게
시켰다.

"용림당에 술상을 차려 오너라."

"용림당이 어딘가요?"

"집 뒤에 있는 배다."

"곧 차려 갈게요."

청랑은 부리나케 주방으로 달려갔다.

민수림은 달려가는 청랑을 물끄러미 바라보았다.

청랑이 술상을 차려 오는 동안 진검룡이 민수림에게 청랑
에 대해서 설명을 끝냈다.

"내 딴에는 청랑을 살리려고 그런 겁니다."

"알고 있어요."

설명을 끝내고 나서 진검룡이 그때 상황에는 그럴 수밖
에 없었다고 변명하듯이 말하자 민수림은 신경 쓰지 말라
는 듯 손을 내저었다. 그녀가 궁금하게 여기는 것은 따로
있다.

"검룡은 청랑에게 어떤 생혈을 눌렀는지 다 기억하나요?"

"그렇습니다."

"생혈을 누르니까 죽어가던 청랑이 살아난 대신에 기억을
잃었다는 거로군요?"

"그렇습니다."

민수림은 곰곰이 생각하고 나서 말했다.

"그렇다면 그 반대로 스물네 개 사혈을 동시에 누르면 기억이 되살아나지 않을까요?"

"수림, 그건……."

진검룡은 민수림이 잃어버린 기억을 되찾으려 한다고 짐작했었는데 그게 맞았다.

"사혈을 누르는 것은 위험합니다."

"이론적으로 그렇다는 얘기예요. 단순하게 생각해 보세요. 생혈 열두 군데를 눌렀는데 기억을 잃었다면 사혈 스물네 군데를 동시에 누르면 기억이 되돌아오지 않겠어요?"

진검룡은 완강하게 반대했다.

"그렇지 않습니다. 그것 때문에 랑아는 죽을 뻔했으며 되살리는 과정에 기억을 잃었습니다."

"스물네 개 사혈들을 누를 때 그녀에게 했던 것보다 힘을 덜 주면 괜찮을 거예요."

진검룡은 바늘로 찔러도 피 한 방울 나오지 않을 것 같은 단호한 표정을 지었다.

"눈곱만큼도 기억을 되찾을 가능성이 없다는 데 내 목을 걸겠습니다. 확신합니다. 그러니까 수림은 하지 마십시오. 절대로 안 됩니다."

민수림의 얼굴이 쓸쓸해졌다.

"나는 일 푼의 가능성이라도 있으면 내 목숨을 걸고서라도 시도해 보고 싶어요."

"……."

"지금 당장 뭘 해보자는 것이 아니에요. 하나의 가능성이 생겼으므로 시간을 두고 거기에 대해서 면밀하게 검토해 보고 싶다는 거예요."

진검룡은 너무나도 절박하고 진지한 민수림의 말에 더 이상 반박하지 못하고 진심 어린 표정으로 고개를 숙였다.

"알겠습니다."

그때부터 두 사람이 한동안 침묵을 지키고 있는데 잠시 후에 청랑과 장한지가 술과 요리를 용림당 이 층 선실 앞에 놓인 탁자로 가지고 올라와서 차렸다.

오늘 저녁 때 청랑이 진검룡의 식사 시중을 들었지만 술상은 차려본 적이 없어서 장한지가 도와주었다.

술상을 차리고 나서 장한지가 생글생글 웃으며 말했다.

"대사형, 소저. 맛있게 드세요. 저는 검법 좀 수련하고 나서 잘게요."

장한지나 독보는 청풍원 시절부터 배운 청풍사선검을 하루도 빠지지 않고 연마하고 있다.

"그래라."

진검룡이 머리를 쓰다듬자 장한지는 행복한 미소를 지으며 계단을 내려갔다.

진검룡이 청랑에게 턱으로 집 쪽을 가리켰다.

"너도 가서 쉬어라."

"여기에 있겠어요."

청랑은 꼿꼿하게 선 채 대답하는데 여간해서는 말을 듣지 않을 모양새다.

진검룡은 그녀가 명령을 해서 듣지 않을 것이라고 생각하여 민수림을 쳐다보았다.

그러자 민수림은 청랑이 있어도 괜찮다는 표정으로 가볍게 고개를 끄떡였다.

청랑이 기억을 잃었기 때문에 대화를 나누는 데 별 지장이 없을 것이라고 여겼다.

진검룡이 술을 따르자 민수림은 술잔을 들고 은은한 주향을 맡으면서 물었다.

"처음 맡는 주향이네요. 무슨 술인가요?"

"십야주(十野酒)입니다. 어떻습니까?"

민수림은 한 잔 마시고 나서 적잖이 감탄하는 표정으로 감상을 말했다.

"흠! 십야주라는 술 이름 뜻을 알겠어요. 열 개의 꽃과 열 개의 약초 뿌리로 담근 술이죠?"

진검룡은 눈을 깜빡이면서 자신을 바라보고 있는 민수림을 응시하며 빙그레 미소 지을 뿐 대답하지 않았다.

"틀렸나요?"

슥…….

진검룡은 대답 대신에 갑자기 불쑥 손을 뻗어 민수림의 뺨을 쓰다듬었다.

"대단합니다. 그걸 어떻게 맞혔습니까?"

"……!"

그의 갑작스러운 행동에 민수림은 놀라서 눈을 커다랗게 떴지만 피하거나 그의 손을 뿌리치지는 않았다.

사실 그가 손을 뻗을 때 피하려면 충분히 피할 수 있었지만 그렇게 하지 않았다.

그렇다고 그의 손길이 좋다거나 기다렸던 것은 아니다. 다만 피하거나 뿌리쳐서 그를 민망하게 만들어 지금의 좋은 분위기를 망치고 싶지 않았을 뿐이다.

민수림은 잔잔한 표정으로 진검룡을 바라보는데 '좋게 말할 때 손 치워요'라는 뜻이다.

그런데 빙충이 같은 진검룡은 그걸 '좋아요, 좀 더 만져주세요'라고 해석했다.

'헤에… 수림이 이제야 내 마음을 받아주는구나.'

그는 헤벌쭉해서 그녀의 뺨을 만지던 손을 조금 움직여 그녀의 귀를 만지작거렸다.

뭘 어떻게 해보자고 이러는 게 아니라 그저 그녀가 너무 좋아 막연하게 만지고 싶기 때문이다.

그때 진검룡은 민수림이 눈을 파르르 떨면서 매우 좋아하는 것을 발견하고 희희낙락했다.

'바로 이거였어……!'

그러나 그녀가 눈을 파르르 떤 것은 분노 때문이었다.

슥…….

그녀가 손을 들어 올려서 자신의 귀를 만지작거리고 있는 진검룡의 손을 덮을 때까지만 해도 그는 잠시 후 자신의 운명을 알지 못했다.

민수림은 진검룡의 손을 가만히 쥐고 자신의 귀에서 천천히 떼어냈다.

꽈드득…….

"끄아아!"

진검룡은 손이 으스러지는 극심한 고통에 목젖이 찢어질 것처럼 처절한 비명을 질렀다.

그 순간 주인이 위험에 처했다고 판단한 청랑이 재빨리 허리의 연검에 손을 댔다.

그녀에겐 오로지 진검룡의 안위만이 중요하기 때문에 민수림의 목을 일검에 자를 생각이다.

빽!

"으악!"

청랑은 연검에 손을 댄 순간 가슴 한복판에 보이지 않는 민수림의 무형강기 일격이 적중되어 묵직한 충격을 받고 쏜살

같이 호수로 날아갔다.

*　　　　*　　　　*

청랑은 용림당에서 오 장이나 날아가서 곡선을 그으며 호수로 추락했다.

그때 어느새 밤하늘을 가로질러 뒤따라온 민수림이 그녀를 가볍게 안았다.

민수림 품에 힘없이 늘어져 있는 청랑은 입가에 한 줄기 새빨간 피를 흘리면서 혼절한 모습이다.

민수림은 밤하늘로 솟구쳐서 용림당으로 되돌아 날아오는 도중에 청랑의 맥을 살폈다.

굳이 손목을 잡지 않아도, 안고 있는 것만으로 그녀의 현재 상태를 훤하게 알 수 있다.

청랑이 내상을 전혀 입지 않고 충격 때문에 혼절했음을 진맥한 민수림은 그녀를 이 층 선실 안 침상에 눕히고 원래 자리로 돌아왔다.

그때까지도 진검룡은 오만상을 쓰며 으스러질 것처럼 아픈 오른손을 주물러 대고 있었다.

진검룡 맞은편에 앉은 민수림은 끙끙거리는 그를 보면서 원망하듯이 눈을 흘겼다.

"그러니까 왜 그랬어요?"

"으어어……."

진검룡이 갑자기 귀신을 본 것 같은 표정을 짓자 민수림은 깜짝 놀라 일어섰다.

"왜 그래요?"

"수림… 방금 눈 흘기는 거 보고 너무 황홀해서 심장이 녹아버렸습니다……."

"아유… 왜 그래요, 검룡."

"으햐햐햐! 나 죽는다……."

민수림이 다시 조금 전보다 더 진하게 눈을 흘기자 진검룡은 손 아픈 것도 잊어버리고 상체가 뒤로 넘어가는데 정말 혼절하는 것 같은 모습이다.

순진한 민수림은 놀라서 재빨리 다가가 뒤로 쓰러지고 있는 진검룡을 두 팔로 안듯이 붙잡았다.

"검룡."

진검룡은 그녀의 품에 눕듯이 편안하게 안겨서 눈을 게슴츠레 뜨고 그녀를 바라보며 입술을 뾰족하게 내밀었다. 뽀뽀를 해달라는 동작이다.

"음……."

민수림은 어이없는 표정을 짓더니 안고 있는 그를 내버려두고 자신의 자리로 돌아왔다.

"어… 어……."

쿠당!

"어이쿠!"

그는 의자와 함께 바닥에 나뒹굴고 말았다.

민수림은 모른 체하고 술을 마셨다.

다시 두 사람만의 술자리가 계속됐다.

"어제 십엽루주가 소개해 준 장원들을 오늘 둘러보고 왔어요."

민수림의 말에 진검룡은 반색했다. 설마 그녀가 거길 갔을 것이라고는 예상하지 못했다.

"거길 갔었습니까?"

"네."

"어제 현 루주가 몇 군데나 소개했었습니까?"

"열일곱 군데였어요."

"많군요."

진검룡은 민수림의 빈 잔에 술을 따랐다.

"몇 군데나 가봤습니까?"

"다 가봤어요."

진검룡은 적잖이 놀랐다.

"열일곱 군데 다 말입니까?"

"네."

진검룡은 혀를 내두르며 감탄했다.

"대단합니다. 십엽루의 누구와 같이 갔습니까?"

"십엽루주를 앞세웠어요."

갈수록 점입가경이다. 민수림이 설마 현수란을 길잡이로 삼았을 줄은 몰랐다.

"허어… 그녀가 말을 듣던가요?"

민수림은 술 한 잔을 마시고 나서 살짝 미소를 지었다.

"고분고분하던데요?"

현수란은 진검룡을 좌지우지하는 민수림의 말을 거스를 배짱이 없다.

"열일곱 채의 장원들 중에서 한 채를 골랐는데 내일 나하고 같이 가봐요."

"알겠습니다."

진검룡은 아까부터 오른손을 쥐었다가 폈다 하면서 아픈 시늉을 했다.

아까 민수림의 귀를 만지다가 그녀가 세게 잡았던 오른손이 아직도 아프다는 뜻인데 그녀는 관심 없다는 듯 아예 쳐다보지도 않았다.

"내일 인시(寅時: 새벽 4시경)에 일어나요."

진검룡은 쥐었다가 폈다 하는 오른손을 멈추었다.

"그렇게 일찍 못 일어납니다."

일어날 수 있으면서도 괜히 어깃장을 부렸다.

"어떻게 하면 일어날 건가요?"

"수림이 깨워주십시오."

"알았어요."

진검룡이 엉큼한 흑심을 드러냈다.

"수림이 오늘밤에 술 마시고 나서 나하고 같이 자면 내일 인시에 일어나는 것은 걱정 없습니다."

민수림은 일말의 흔들림도 없다.

"그런 일 없을 거예요."

진검룡도 물러서지 않았다.

"어젯밤처럼 그냥 안고만 잘 겁니다."

'어젯밤처럼'이라는 말에 민수림의 아미가 살짝 꺾였다.

그녀는 오늘 아침에 깨어났을 때 진검룡의 방 침상에서 그와 함께, 아니, 그의 품에 안겨 있었다.

그때 그녀는 만취한 자신을 진검룡이 침상으로 데려갔을 것이라고는 생각하지 않았다.

그런데 방금 진검룡의 말을 듣고 보니까 어쩌면 어젯밤에 그가 만취한 그녀를 자신의 침상에 눕혔을지도 모른다는 생각이 들었다.

민수림은 희고 가느다란 검지를 똑바로 세워서 진검룡에게 내보이며 단호한 표정을 지었다.

"이제 그만, 내 말에 집중하세요."

"아아……."

진검룡이 눈을 게슴츠레 뜨고 몽롱한 표정을 지으며 그녀를 바라보았다.

"왜 그러죠?"

그는 오랫동안 참고 참았던 오줌을 마침내 누는 듯한 표정을 지었다.

"으흐흐… 수림 그러는 거 너무 예뻐요. 방금 검지 세우고 엄숙하게 말하는 모습 말입니다."

민수림은 깜짝 놀랐다가 어이없는 듯 뺨을 붉히면서 그를 살짝 흘겼다.

"그러지 말아요, 검룡."

그녀의 뺨이 붉어지는 것을 진검룡은 놓치지 않았다.

"내가 예쁘다고 하면 수림도 싫지 않은 거죠?"

"그건 그렇지만……."

생각 없이 중얼거리다가 그녀는 화들짝 놀라서 두 손을 마구 저었다.

"아, 아니에요. 전혀 그렇지 않아요……!"

민수림이 진검룡과 함께 있는 자리에서, 더구나 술을 마시고 있을 때 차분한 분위기를 갖는다는 것은 하늘의 별을 따는 것만큼이나 어려웠다.

이유는 단 하나, 진검룡이 끊임없이 민수림에게 장난을 치기 때문이다.

그의 장난은 흡사 낚시 같았다. 순진한 민수림이 덜컥 걸려들면 거침없이 엉큼한 작업으로 이어지고, 걸려들지 않으면 계속 간죽거렸다.

마침내 민수림은 진검룡에게 항복하고 말았다.

"됐어요. 이제 그만둘게요."

사실 그녀가 항복하는 것은 진검룡에겐 손해다. 그녀는 그에게 무공을 가르치려고 했기 때문이다.

"뭘 그만합니까?"

민수림을 골리는 것에 재미가 든 진검룡은 연신 싱글벙글 웃음을 감추지 못했다.

"오늘 밤과 내일 아침에 검룡에게 청성파 검법을 전수하려고 생각했는데 검룡이 계속해서 장난만 치니까 이제 그만 포기해야겠어요."

"옛?"

민수림은 쓸쓸한 표정으로 손을 저었다.

"검룡은 이제 그만 가보도록 하세요. 나 혼자 술 마시다가 자야겠어요."

진검룡은 얼굴이 해쓱해졌다가 정신이 번쩍 들어서 두 손을 마구 저었다.

"그러지 마십시오, 수림. 어떻게 하면 내게 청성파 검법을 가르쳐 줄 겁니까?"

민수림을 약 올리는 재미에 푹 빠진 진검룡이지만 무공 배우는 것에 비할 바가 아니다.

민수림에게 새로운 무공을 배울 수 있다면 어떤 대가라도 치를 수 있는 그다.

그는 동천목산에서 운명이 바뀌었다. 또한 그의 운명을 통째로 바꿔놓은 민수림을 만났다. 그래서 두 번째 인생이자 새로운 인생을 살게 되었다.

요즘 그에게 최고의 낙은 누가 뭐래도 무공을 연마하는 것이다.

예전에는 사문 청풍원의 성명검법인 청풍사선검을 하루도 빼놓지 않고 허구한 날 죽어라고 연마했다.

그러나 일곱 살부터 스무 살까지 장장 십삼 년 동안 주야장천 청풍사선검을 연마했지만 결국은 비웅보의 삼류무사 한 명조차도 이기지 못하는 형편없는 실력에 불과할 뿐이었다.

그래서 그는 그 원인을 자신이 무능하기 때문이라고 생각했었는데 알고 보니까 그게 아니었다.

동천목산에서 기연을 만나고 또한 민수림에게 무공을 배운 이후부터는 하루가 다르게 일취월장하여 이제는 항주제일방파라고 자처하는 오룡방의 방주 오룡쾌도 손록을 눈 아래로 볼 정도의 일류고수가 되었다.

그뿐인가. 단 한 번의 활약으로 전광신수라는 예상하지 못했던 별호까지 얻었다.

그가 스스로 지은 것이 아니라 그의 활약을 보고 항주무림에서 지어준 찬란한 별호다.

민수림의 말에 의하면 그는 놀랄 정도의 총명함과 기억력, 그리고 무공을 연마하면 남들보다 열 배 이상의 성취를 이루어내는 천부적인 자질을 타고났다고 했다.

현재 그는 매일 하루도 빠짐없이 민수림에게 무공을 배우고 있는 중이다.

오늘은 혈도에 대해서 배웠으며 그 전날은 청성파의 대라벽산을 배웠다.

민수림에게 새로운 무공을 배우기만 하면 그는 하루가 다르게 자신도 놀랄 만큼 쑥쑥 실력이 늘었으며 거리에 나가면 여지없이 그것을 증명했다.

그런데 민수림이 무공, 그것도 쟁쟁한 구파일방 중 청성파 검법을 전수하려다가 포기한다는데 어찌 진검룡의 똥줄이 타지 않겠는가.

민수림은 빈 잔에 술을 따르려고 술병을 쥐며 쓸쓸한 얼굴로 말했다.

"검룡은 내가 무공 얘기를 할 틈을 주지 않고 줄곧 장난칠 궁리만 하고 있잖아요. 그것은 무공을 배울 생각이 없다는 뜻이 아니겠어요?"

진검룡은 그 어느 때보다도 진지한 표정을 지으면서 그녀의 손에서 술병을 낚아채 공손히 술을 따라주고는 고개를 깊이 숙였다.

"잘못했습니다. 그러지 않겠습니다."

그는 민수림이 술을 마시는 것을 보면서 말을 이었다.

"수림이 무공을 가르쳐 주는 동안에는 절대로 장난을 치지 않겠습니다."

그러나 민수림은 가타부타 말없이 술만 마셔서 진검룡의 속을 새카맣게 태웠다.

그때부터 진검룡은 더 이상 아무 말도 하지 않고 자세를 똑바로 하고 두 손을 무릎에 얹은 채 민수림이 말할 때까지 조용히 기다렸다.

그는 이쯤에서 자신이 어떻게 해야 하는지 잘 알고 있다.

그런 면에서는 눈치가 빠르다. 여북하면 민수림을 만나기 전 그의 별명이 호리였겠는가.

그로부터 술 다섯 잔을 더 마시고 나서야 민수림이 나직한 목소리로 입을 열었다.

"검룡에게 검을 한 자루 주겠어요."

"정말입니까?"

진검룡은 뛸 듯이 기뻐했다.

그는 민수림이 오늘 하루 종일 외출을 한 이유가 십엽루주 현수란이 주겠다고 한 장원들을 돌아보는 것과 검을 구하기 위해서였다고 생각했다.

그는 앉아 있는 민수림 주위를 두리번거리면서 그녀가 줄 검을 찾아보았다.

"검 어디에 있습니까?"

"검룡이 갖고 있어요."

진검룡은 모르는 사이에 민수림이 자신의 주위에 검을 갖다 놓은 줄 알고 두리번거리며 찾아보았다.

민수림이 조용히 말했다.

"검은 검룡의 체내 즉, 몸속에 있어요."

진검룡은 움찔 놀라서 급히 두 손으로 자신의 가슴과 배를 만져보았다.

"언… 제 내 몸속에 검을 넣었습니까?"

쇠붙이인 검을 몸속에 넣을 수도 없으며 넣으면 몸이 견디지 못하는 것이 상식인데도 민수림이 워낙 신통방통한 신기를 지니고 있어서 그녀의 말을 액면 그대로 받아들였다.

민수림은 말을 빙빙 돌리지 않고 본론을 설명했다.

"검룡의 검은 무형검이에요."

진검룡은 놀라서 눈을 크게 떴다.

"무형검이라면 보이지 않는 검이라는 뜻입니까?"

"그래요."

진검룡의 눈이 더 커지고 흥분해서 콧김이 뿜어졌다. 무형검이라는 정확한 뜻은 모르겠지만 왠지 굉장할 것 같다는 예감을 강하게 받았다.

"그게 내 몸속에 있다는 겁니까?"

"그래요."

第三十一章

순정강검(純精罡劍)

　진검룡의 총명함이 이런 순간에도 여지없이 빛났다.

　"혹시… 무형검이라는 것이 내 두 손에 있는 열두 개의 순정강하고 연관이 있습니까?"

　민수림이 좋아하는 것 중 하나가 지금 같은 그의 총명함이다. 그녀는 참지 못하고 배시시 미소 지었다.

　"열두 개의 순정강을 합쳐서 외부로 분출하여 무형검 즉, 순정강검(純精罡劍)을 만들어볼 생각이에요."

　진검룡은 보이지 않는 검을 만들 수 있다는 생각에 흥분을 가라앉히지 못했다.

　"그게 가능합니까?"

"이론적으로는 가능해요."

진검룡의 총명함이 한층 빛났다.

"혹시 수림은 무형검이 있습니까?"

민수림은 잠시 생각하더니 고개를 끄떡였다.

"만들 수 있을 거예요."

"보여주십시오."

민수림은 오른손의 술잔을 왼손으로 옮겨 잡고는 오른손을 비스듬히 들어 올렸다.

진검룡은 그녀의 오른손에 무형검이 만들어질 것이라고 짐작하여 눈도 깜빡이지 않고 뚫어지게 주시했다.

민수림은 손바닥을 약간 벌려서 마치 검파를 쥐는 손동작을 취했다.

다음 순간 진검룡의 눈이 커지고 호흡이 멈춰졌다.

스으응…….

분명히 민수림의 오른손에 아무것도 없었는데 갑자기 매우 흐릿한 안개 기둥 같은 것이 그녀의 손아귀에 생겼다.

지이잉!

그러고는 놀랍게도 그녀의 오른손에 무언가 반짝이는 투명한 물체가 쥐어졌다.

투명해서 그것이 어떻게 생겼는지 무엇인지 알 수 없지만 분명히 어떤 물체다.

그때 진검룡은 자신을 향해 민수림이 오른손을 뻗자 반사적으로 흠칫 놀라 몸이 단단하게 굳었다.

그러나 진검룡은 아무것도 보지 못하고 아무런 느낌도 감지하지 못했다.

스응…….

그때 그의 앞 탁자 위에 놓여 있는 옥으로 만든 술잔이 정확하게 세로 절반으로 잘렸다.

아무도 건드리지 않았고 어떤 일도 일어나지 않았는데 술잔이 저절로 잘린 것이다.

"아……."

진검룡은 움찔 놀라 탁자 위에 까딱거리면서 뒹굴고 있는 두 쪽의 술잔과 민수림의 오른손을 번갈아 쳐다보았다.

그의 눈에는 아무것도 보이지 않지만 지금 민수림의 오른손에 무형검이 쥐어져 있을 것이라고 생각했다.

그 무형검이 단단하기 짝이 없는 옥잔을 매끄럽게 절반으로 잘라 버린 것이다.

진검룡은 너무 흥분해서 콧김이 뿜어졌다.

"지금 수림 오른손에 무형검이 있습니까?"

민수림은 대답 대신 오른손을 뻗어서 무형검의 평평한 검면을 진검룡 어깨에 살짝 얹었다.

진검룡은 왼쪽 어깨에 얹혀 있는 무형검의 무게와 옷을 뚫고 차가운 감촉이 전해지는 것을 느꼈다.

"순정강으로 만든 무형검입니까?"

스으…….

진검룡은 자신의 어깨 위와 그녀의 오른손에서 무언가 사라지는 듯한 느낌을 받고 무형검이 사라졌다고 판단했다.

"나는 순정강이 없어서 내 공력으로 만들었어요."

진검룡은 적잖이 놀랐다.

"공력으로도 무형검을 만듭니까?"

"네."

"공력이 얼마나 있어야 가능합니까?"

"정확하게는 모르겠어요."

진검룡은 궁금한 게 많지만 그녀가 기억을 잃었다는 생각을 하고 더 묻지 않았다.

민수림은 차분하게 말했다.

"검룡의 순정강 열두 개를 모두 오른손 손바닥 안쪽에 모으고 검파를 쥐는 자세를 취해보세요."

그녀가 주문하는 것은 조금 전에 그녀가 무형검을 생성시킬 때의 오른손 모습이다.

그것은 얼핏 간단한 것처럼 보이지만 진검룡으로서는 벽에 부닥친 것처럼 난감했다. 어디에서부터 어떻게 시작해야 할지 캄캄했다.

그는 간절한 표정으로 민수림을 바라보았다.

"좀 더 구체적으로 설명해 주십시오."

민수림은 그가 무엇을 요구할지 미리 다 알고 있는 것처럼 막힘없이 설명했다.

"일단 순정강 열두 개를 오른손에 하나로 모아보세요."

"그러겠습니다."

진검룡은 제일 먼저 앉은 채 지그시 눈을 감고 허리를 꼿 꼿하게 펴고서 두 손의 열두 개 순정강들의 위치를 확인했 다.

이어서 왼손에 있는 여섯 개의 순정강을 오른손으로 옮기 려고 시도했다.

그러나 약간의 시간이 지나도록 여섯 개의 순정강이 뜻대 로 이동하지 않자 그는 어이없는 기분이 들었다.

'이게 어째서 안 되지?'

그는 마음만 먹으면 순정강들을 체내에서 마음대로 이동시 킬 수 있을 것이라고 예상했었는데 그게 아니다.

'처음부터 안 되면 어떻게 순정강으로 무형검을 만들 수 있 다는 말인가?'

매사에 완벽한 민수림이 되지도 않는 것을 해보라고 시켰 을 리가 없다.

지금껏 민수림이 가르쳐 주는 무공들을 거침없이 터득했었 던 진검룡으로서는 당황함마저 들었다.

하지만 민수림에게 도움을 청하고 싶지는 않았다. 자존심 이 상하기 때문이다.

'대체 어째서 안 되는 거지?'

그는 왼손의 여섯 개 순정강들을 왼팔을 통해 왼쪽 어깨로 옮겨서 목, 오른쪽 어깨, 오른쪽 팔로 이동시키는 경로를 선택했다.

그건 어느 누가 생각해도 가장 간단하고 보편적인 방법이다. 곰곰이 생각해 봤지만 현재로선 그것 외에 다른 방법을 생각해 낼 수가 없다.

그렇다고 왼손에 있는 것을 발이나 등, 엉덩이로 보냈다가 오른팔로 이동시킨다는 것은 말도 되지 않는다.

그런데 공력은 체내에서 어디로든 마음대로 이동시킬 수 있는데 순정강은 도무지 꼼짝도 하지 않았다.

여태까지 그는 순정강을 몸 밖으로 발출시켜 보기는 했지만 체내에서 다른 부위로 이동시켜 본 적은 없었다.

그런데 어떻게 된 건지 왼손 다섯 손가락과 손바닥에 있는 여섯 개의 순정강은 꽁꽁 묶어놓은 것처럼 요지부동 꼼짝도 하지 않았다.

진검룡이 민수림을 힐끗 쳐다보자 그녀는 다른 곳을 보면서 느긋하게 술만 마실 뿐 그에게 관심조차 없는 것 같아서 그게 그의 감정을 건드렸다.

그녀의 표정은 '그만한 것도 못 하면 무공 배우는 거 포기하세요'라고 말하는 것 같아서 진검룡은 약이 올랐다.

'그렇다 이거지?'

그렇지만 그는 민수림이 천하절색의 미모를 뽐내면서 콧대를 약간 세우고 천천히 다섯 잔의 술을 마실 동안에도 순정강을 이동시키지 못해서 초조함과 답답함이 극에 도달하여 폭발할 지경에 이르렀다.

'으아아! 미치겠다!'

그냥 순정강을 몸 밖으로 발출하는 것이라면 백 번이라도 하겠는데 체내에서 체내로 이동시키는 것은 도무지 답이 나오지 않았다.

그는 열두 개의 순정강을 한꺼번에 확 발출하고 싶다는 충동을 느꼈다.

속이 답답해서 천불이 나니까 그렇게 해서라도 속을 확 풀어버리고 싶은 것이다.

'가만⋯⋯.'

그러다가 문득 그는 방금 떠올린 생각 때문에 정신이 번쩍 들었다.

'순정강을 몸 밖으로 발출한다. 그러니까 왼손의 순정강을 오른손으로 발출하면?'

여태까지는 왼손의 순정강들을 체내에서 힘으로 잡아당겨서 어깨와 목, 오른팔로 이끈다는 생각이었고 그 방법이 전혀 먹히지 않았다.

그런데 방금 생각해 낸 것은 경로는 왼팔에서 오른팔로 같은데 방식을 잡아당기는 것에서 발출하는 것이고, 또한 몸 밖으로 쏘아내는 것으로 바꾼다는 뜻이다.

잡아당기는 것과 쏘아내는 것, 그리고 체외로 발출하는 것은 극과 극이고 효과도 천양지차일 것이다.

'해보자!'

일단 생각이 떠오르면 결과 같은 것은 생각하지 않고 거침없이 행동으로 옮기는 그다.

그는 왼팔을 쭉 펴고 여태까지처럼 몸 밖이 아니라 왼팔 안쪽으로 순정강을 발출할 태세를 갖추었다.

그때 문득 쭉 뻗고 있는 왼손 바로 옆에 오른손이 나란히 뻗어 있는 것이 보였다.

왼손을 곧게 뻗는 과정에서 부지중에 오른손도 같이 뻗은 모양이다.

그런데 나란히 뻗은 왼손과 오른손의 거리가 한 뼘 정도밖에 되지 않았다.

"……!"

그 순간 진검룡의 머릿속에서 꽝! 하는 요란한 깨달음의 굉음이 터졌다.

'이런, 젠장! 뭐야, 이거? 그냥 손에서 손으로 보내면 되는 거 아닌가?'

왼손을 오른손에 포개서 왼손의 순정강들을 오른손으로 보내면 된다는 간단한 이치다.

그런데 한번 터진 발상의 봇물은 빠르게 발전했다.

'그게 아니다! 두 손을 맞잡고 동시에 밖으로 순정강을 발출하면 무형검을 만들 수 있을 것이다!'

조금 전에는 왼손의 순정강을 오른손으로 발출하는 방법이었는데 이제는 두 손을 맞잡고 두 손의 순정강을 동시에 발출하여 무형검을 만드는 방식으로 빠르게 진보했다.

'후훗!'

그는 자신이 깨달은 최종적인 방법이 성공할 것이라고 굳게 확신하여 저절로 웃음이 나는 것을 참았다.

또한 격한 흥분과 기대감 때문에 심장이 격렬하게 박동하는 것을 가라앉히느라 잠시 시간이 필요했다.

이럴 때가 가장 좋다. 폭발해서 한꺼번에 터지고 끝나 버리는 것보다는 심장이 들썩거리는 것을 가만히 누르고 있을 때의 잔잔한 쾌감이 훨씬 좋다.

이런 것은 예전에 민수림을 만나기 전에는 한 번도 맛보지 못했던 쾌감이다.

그는 이제부터 실시할 이 방법이 실패할 것이라는 생각은 일 푼어치도 하지 않았다.

인생을 살다 보면 아주 드물게 온정신 가득 엄청난 확신으로 가득 찰 때가 있는데 지금이 바로 그렇다.

민수림은 진검룡이 꼿꼿한 자세로 앉은 채 두 팔을 앞으로 가지런히 뻗고 얼굴에 긴장된 표정이 가득 떠올라 있는 것을 보고 그에게 시선을 고정시켰다.

지금 이 순간 민수림은 그에게 해줄 몇 가지 말이 있지만 그냥 참기로 했다.

아주 큰 실수가 아니라면, 그래서 성패를 좌우할 정도가 아니면 괜찮다는 생각이다.

진검룡은 크게 심호흡을 하고 나서 두 손의 각 여섯 개씩의 순정강을 발출할 준비를 갖추었다.

민수림은 진검룡이 무슨 방법을 사용해서 순정강으로 무형검을 만들려는 것인지 모른다.

하지만 그의 다부지고 고조된 표정으로 미루어 잠시 후에는 무형검을 만들어내거나 아니면 그에 가까운 결과가 나올 것이라고 짐작했다. 그녀가 알고 있는, 그리고 경험한 진검룡이라면 그럴 것이다.

진검룡은 민수림이 보든 말든 열두 개의 순정강으로 무형검을 만드는 일에만 정신을 집중했다.

그는 두 손으로 최대한 헐겁게 깍지를 꼈다. 이제 곧 두 손의 순정강을 발출하여 무형검이 생성되면 헐거운 손깍지 안에 검파가 잡힐 것이다. 그래서 최대한 헐겁게 깍지를 꼈다.

한 가지 무엇보다도 중요한 것은 두 손에 있는 각 여섯 개씩의 순정강이 완벽하게 동시에 발출되어 찰나지간에 합쳐져야 한다는 사실이다.

만약 그렇지 않으면 조금이라도 늦은 쪽의 손바닥이, 아니,

손 전체가 뿜어지는 여섯 개의 순정강에 적중되어 통째로 날아가 버리고 말 것이다.

그는 지그시 어금니를 악물고 눈을 부릅떴다.

'발출 거리가 최대 두 치를 넘지 말아야 한다!'

만에 하나 한쪽 손바닥의 발출이 늦더라도 최대 사정거리가 두 치를 넘지 않으면 상대편 손바닥을 상하게 하지 않을 것이기 때문이다.

그 순간 그는 헐겁게 깍지 낀 두 손바닥에서 동시에 열두 개의 순정강을 뿜어냈다.

스콩…….

괴이한 음향이 흐르는 것과 동시에 그는 헐겁게 깍지 낀 두 손 안에 매우 차갑고 묵직한 물체가 한가득 잡히면서 부르르 떨리는 진동을 느꼈다.

그런데 그는 자신의 두 손 안에서 반투명하고 은은하면서도 차가운 빛을 흩뿌리고 있는 길쭉한 물체를 발견하고 미간을 좁혔다.

'검이 아니잖아?'

그의 두 손에 쥐어진 반투명한 물체는 그냥 둥근 원통형에 한 자 길이의 길쭉한 막대 같았다.

'게다가 눈에 보이니까 무형검이 아니로군. 그럼 이게 순정강이 합쳐진 것이라는 건가?'

진검룡은 조금 실망하는 얼굴로 민수림에게 물었다.

"수림, 이거 보입니까?"

민수림의 눈에는 진검룡의 두 손이 무언가를 움켜쥐고 있는 것만 보일 뿐이다.

"순정강을 발출하여 잡고 있는 건가요? 내 눈에는 아무것도 보이지 않아요."

진검룡은 반색했다.

"그렇습니까?"

뭔가 가능성이 조금 보였다.

"순정강 열두 개를 발출해서 하나로 모았는데 둥글고 뭉툭한 막대가 되었습니다. 검이 아닙니다."

민수림은 흐릿한 미소를 지었다.

"그렇다면 검을 만들어야지요. 저절로 검이 될 줄 알았나요?"

진검룡은 머쓱한 미소를 지었다.

"어떻게 합니까?"

"두 가지 방법이 있어요."

진검룡은 귀를 기울였다.

"가르쳐 주십시오."

"하나는 공력을 주입하여 검의 모양을 만드는 것이고 또 하나는 생각으로 검을 만드는 거예요. 그렇지만 검룡은 아직 생각 즉, 정신과 순정강을 하나로 이을 만한 준비가 되지 않았을 테니까 첫 번째 방법으로 무형검을 만드세요."

그녀의 말이 끝나는 것과 동시에 진검룡이 수중의 뭉툭한 반투명 막대를 검의 형태로 만들고 싶다는 생각을 했다.

그 순간 그것이 쭉 길어지는 것과 동시에 한 자루의 검 모양을 갖추었다.

지잉!

"앗!"

진검룡은 쏜살같이 늘어나고 있는 무형검의 검첨이 맞은편에 앉은 민수림의 얼굴을 향해 쏘아가자 크게 놀라서 다급히 두 손을 하늘로 향했다.

스으응… 스승…….

"아아……."

진검룡은 무려 다섯 자 길이의 반투명한 검이 밤하늘을 향해 뻗어 있는 것을 보고 감격과 놀라움의 탄성을 터뜨렸다.

민수림이 무형검을 보면서 감탄하는 표정을 지었다.

"무형검은 보이지 않지만 검룡이 만들어낸 검이 뿜어내는 흐릿한 서기(瑞氣)가 보여요. 혹시 지금 순정강검의 길이가 다섯 자인가요?"

"맞습니다."

"그런데 방금 서기가 사라져서 내 눈에는 아무것도 보이지 않아요. 공력으로 검을 만들었나요?"

진검룡은 자신만만한 미소를 지었다.

"아닙니다. 검을 만들어야겠다는 생각을 하자마자 뭉툭한 막대가 검으로 변했습니다."

민수림은 적잖이 놀랐다.

"맙소사… 그게 정말인가요?"

진검룡은 그녀가 놀라는 게 이상하다는 표정을 지었다.

"그게 놀랄 일입니까?"

민수림은 놀라움을 삼키려고 애썼다.

"순정강과 검룡의 정신이 일체(一體)가 된 거예요."

진검룡은 눈을 껌뻑거렸다.

"그게 무슨 뜻입니까?"

무슨 일에도 당황하거나 격동하지 않는 민수림이지만 지금은 워낙 놀란 탓에 격동을 가라앉히려고 몇 차례나 크게 호흡을 가다듬어야만 했다.

"순정강검을 석 자 길이로 줄여보세요."

일반적인 검의 길이가 석 자다.

진검룡은 검을 어떻게 줄일 것인지 잠시 생각하다가 실소를 흘렸다.

생각을 떠올린 것만으로 검을 만들었으면 줄이겠다고 생각

하는 것만으로 검의 길이가 줄지 않겠는가. 일단 한번 해보는
것이다.

스으……

과연 그가 검을 석 자 길이로 줄이겠다고 생각하자마자 다
섯 자 길이의 검이 석 자로 줄어들었다.

"석 자로 줄었나요?"

민수림의 목소리에 긴장이 짙게 배었다.

"줄었습니다."

"검룡이 마음먹은 것만으로 줄어든 건가요?"

"그렇습니다."

민수림은 가슴이 크게 격동했다.

'설마 검룡은 심검합일(心劍合一)마저 이루는 것이 아닐
까?'

심검합일은 마음 즉, 정신과 검이 합일체를 이루는 것이다.
그리되면 아무리 어려운 검법이라고 해도 마음만 먹으면 전개
할 수가 있다.

순정강과 정신이 일체가 되어 순정강을 마음먹은 대로 변
화시킬 수 있는 데다 순정강검을 만들어내서 심검합일까지
이룬다면 진검룡의 무공 실력은 지금하고는 비교할 수 없을
정도로 고강해질 것이다.

민수림은 진지하게 지시했다.

"순정강검을 없앴다가 다시 만들어보세요."

스응……

민수림의 말이 떨어지자마자 진검룡이 열두 개의 순정강을 몸속으로 거뒀고 순정강검이 감쪽같이 사라졌다.

"순정강검을 재빨리 생성시키고 사라지게 하는 연습을 틈틈이 하세요."

"알겠습니다!"

진검룡의 목소리에는 힘이 넘쳤다.

민수림은 그런 진검룡을 보면서 감탄을 금치 못했다.

'도대체 검룡의 한계는 어디까지인지 궁금해.'

한 시진 후에 혼자 술을 마시고 있는 민수림이 한쪽을 쳐다보면서 물었다.

"검룡, 술 안 마실 거예요?"

"마시지 않습니다. 수림 혼자 마셔요."

진검룡은 민수림이 있는 탁자에서 서너 걸음 떨어진 난간가에 우뚝 서서 한 시진 내내 순정강검 만드는 연습을 하고 있는 중이다.

"얍!"

그는 한 시진 동안 오십 번 정도 순정강검을 만들었다가 없애기를 반복했다.

이제 그는 처음처럼 두 손을 맞잡아서 깍지를 끼지 않고서도 얼마든지 순정강검을 만들 수 있다.

어떤 자세든지 두 손을 포개기만 하면 무형의 순정강검이 만들어졌다.

'얍!' 하면 순정강검이 생기고 '엽!' 하면 사라진다.

뿐만 아니라 순정강검의 길이를 마음대로 조절할 수 있으며 시험해 본 결과 꼭 검만이 아니라 도나 창을 만들어낼 수도 있는 것을 확인했다.

진검룡은 백 번째의 순정강검을 만들어서 오른손에 쥐고는 힐끗 민수림을 처다보았다.

탁자에는 다섯 개의 술병들이 놓여 있으며 그중 네 병을 민수림이 마셨고 지금 다섯 병째 마시고 있는 중이다.

진검룡은 처음에 서너 잔 마셨을 뿐이고 그때 이후 줄곧 순정강검 생성 연습을 하고 있다.

민수림은 꼿꼿하게 앉아서 술을 마시고 있지만 그녀가 꽤 취했다는 것을 진검룡은 잘 알고 있다.

어두운 호수 저 먼 곳을 그윽하게 바라보고 있는 저 미치도록 아름다운 얼굴에 발그스름한 홍조가 떠오른 것만 봐도 그녀의 취한 정도를 알 수가 있다.

청랑은 아까 민수림을 공격하다가 그녀의 무형강기에 가슴을 한 대 얻어맞고 혼절한 이후 이 층 선실 침상에 눕혀지고는 아직도 깨어나지 않았다.

그렇지만 진검룡은 청랑이 깨어나든지 말든지 그런 거에는 추호도 신경을 쓰지 않았다.

그는 오로지 민수림이 얼마나 취했는지 살피는 일에만 관심이 있을 뿐이다.

민수림에게서 시선을 거두는 그의 입가에 흐릿한 미소가 떠올랐다.

'흐흐… 어서 빨리 취해서 엎어져라.'

잠시 후에 민수림이 만취해서 탁자에 엎어져 버리면 진검룡이 그녀를 안고 자신의 침상으로 데려가서 같이 잘 계획, 아니, 음모다.

그는 민수림과 한 침상에서 같이 자면서 뭔가 음탕한 짓을 하려는 것이 아닐뿐더러 그런 것을 할 줄도 모른다.

그저 밤새 그녀 곁에서 그녀의 체취를 맡으며 자고 싶을 뿐이고 조금 욕심을 부리자면 꼭 안고 싶은 것이다.

그런 생각을 하자 그는 자꾸만 실없는 웃음이 새어 나왔다.

'으흐흐… 순정강검을 열 개 더 만들어내는 동안 수림이 취해서 엎어질 거다.'

진검룡은 눈을 번쩍 뜨면서 잠이 깼다.

눈앞이 어두웠지만 잠시 후에 밝아졌다. 그는 공력을 지니고 있기 때문에 아무리 캄캄해도 스스로 안력이 돋우어져서 주위가 환하게 보인다.

눈에 익은 천장이 보였다. 그는 자신의 방 침상에 누워 있다는 사실을 깨달았다.

'어떻게 된 거지? 나는 용림당 이 층에서 순정강검 만드는 연습을 하고 있었는데……'

그것이 마지막 기억이다. 뒤이어서 생각나는 것은 옆의 탁자에서 민수림이 술을 마시고 있었다는 사실이다.

진검룡은 벌떡 일어나 앉아서 침상을 둘러보았으나 민수림은 보이지 않았다.

그는 고개를 갸웃거렸다.

'내 방에 와서 잠자리에 든 기억이 전혀 없는데……'

그는 용림당 이 층 선실 옆 난간가에서 순정강검을 만들어내는 연습을 하고 있었으며, 민수림이 만취해서 엎어지면 그녀를 자신의 침상으로 안고 와서 밤새 그녀를 끌어안고 자겠다는 엉큼한 음모를 꾸미고 있었다.

그런데 어찌 된 일인지 민수림은 간데없고 그 혼자만 침상에서 자다가 깨어난 것이다.

그는 아무리 생각해 봐도 어떻게 된 일인지 알 수가 없어서 이윽고 침상에서 바닥으로 내려왔다.

그런데 자신의 몸을 보니까 옷을 그대로 입고 있다.

그가 제 발로 자러 왔으면 옷을 벗고 잠옷으로 갈아입었을 것이다.

그것은 그의 오랜 습관이다.

그렇다면 누군가 다른 사람이 그를 이 방으로 데려와서 침상에 눕혔다는 뜻이다.

그는 술을 거의 마시지 않아서 취하지 않았는데 어째서 그걸 모른다는 말인가.

'누군가 날 제압한 것인가?'

그래야지만 얘기가 된다.

그때 문득 그는 침상 아래쪽 바닥에 청랑이 새우처럼 옆으로 웅크린 채 누워 있는 것을 발견했다.

'랑아가 나를?'

종을 자처하는 청랑이 그를 제압해서 침상에 눕혔을 확률은 전무하다.

아마도 그런 일을 했다면 민수림이 했을 가능성이 크다. 그녀라면 그러고도 남는다.

문득 그는 청랑이 민수림에게 일격을 맞아서 혼절했던 일을 떠올렸다.

'랑아는 괜찮은가?'

그가 몇 시진 동안 순정강검을 만들고 없애는 일에 몰두하고 있을 때에도 이 층 선실 침상에 누워 있는 청랑은 깨어나지 못했다.

진검룡은 청랑 옆에 쪼그리고 앉아서 잠든 그녀를 물끄러미 굽어보았다.

가만히 들여다보니까 그녀의 안색이 좀 해쓱한 거 같았다. 게다가 그렇게 봐서인지 숨소리도 미약하게 들려서 그를 불안하게 만들었다.

'이 아이 어디가 잘못된 건가?'

그는 청랑을 십오 세쯤으로 여기고 있다. 외모가 그렇게 보이니까 그의 잘못이 아니다.

그는 고개를 숙여서 청랑의 코에 귀를 갖다 대고 숨소리를 들어보았다.

그런데 숨소리가 고르지 않고 불규칙했다. 조금 할딱거리는 것 같고 어떤 호흡은 길고 또 어떤 호흡은 짧았다.

그래서 진검룡은 청랑이 민수림에게 가슴을 맞고 어딘가 잘못된 것이라고 직감했다.

'내상을 입은 것 같은데 어떻게 하지?'

일전에 죽어가는 청랑을 그가 간신히 살린 적이 있었는데 또다시 죽어가고 있다는 생각이 들었다.

청랑이 첫 번째 죽어간 것은 진검룡 때문이고 지금 두 번째 죽어가는 것은 민수림 때문이다.

'수림은 대체 왜 이 아이에게……'

그처럼 가혹하게 대했는지 조금 원망하는 마음이 들었다.

잠시 청랑을 지켜보던 진검룡은 이번에는 그녀의 가슴에 귀를 대고 심장박동을 들어보았다.

가슴 저 아래에서 심장박동이 들려왔다.

'이런……'

심장박동이 불규칙하다 못해서 불안하기 짝이 없는 상태다. 심장이 두근두근 미친 듯이 빠르게 뛰면서 뜨거운 열을 훅훅 뿜어내고 있는 것이다.

'어떻게 하지?'

그는 고개를 들고 그녀의 얼굴을 물끄러미 굽어보며 초조함을 떨치지 못했다.

그때 청랑의 긴 속눈썹이 파르르 떨리는 것을 발견했다. 미간도 살짝 찌푸려졌다.

그래서 진검룡은 그녀가 지금 몹시 괴로워하고 있는 것이라고 판단했다.

'미치겠네……'

그는 당황해서 문 쪽을 쳐다보면서 민수림을 데리고 와야 할지 생각했다.

하지만 취해서 자고 있는 그녀를 깨우다가 무슨 날벼락을 맞을지 알 수가 없는 일이다.

더구나 청랑은 촌각을 다툴 만큼 위급한 상황인 것 같으니까 지금 당장 손을 써야만 한다.

'아… 안 되겠다.'

그가 급히 청랑의 상의 앞섶을 풀어 젖혔다.

앞뒤 가릴 것 없이 그것마저 잡아채자 가슴이 드러났다.

그렇지만 마음이 급한 그에게는 청랑의 가슴 같은 것은 눈에 들어오지 않았다.

그 대신 가슴 한복판에 퍼렇다 못해서 시커멓고 둥근 멍이
새겨져 있는 것이 그의 눈에 한가득 들어왔다.

第三十二章

민수림의 실종

'음! 이 지경이 됐구나……!'

민수림에게 일격을 맞아서 가슴에 시커먼 멍이 든 것 때문에 청랑이 깨어나지 못할뿐더러 위중한 상태가 됐을 것이라는 생각이 들었다.

어느 누구라도 그녀의 가슴에 새겨진 시커먼 멍을 보면 심한 내상을 입었을 거라고 생각할 것이다.

그러나 사실 청랑의 가슴은 멍만 심하게 들었을 뿐이지 내상은 전혀 입지 않았다. 민수림이 기술적으로 살짝 일격을 가했기 때문이다.

그런 사실을 눈곱만큼도 짐작하지 못하는 진검룡은 청랑을 살리려면 먼저 시커먼 멍을 없애야 한다는 단순 무식한 생각만이 앞섰다.

슥…….

그는 추호도 망설이지 않고 즉시 두 손을 뻗어 시커먼 멍 부위를 덮고는 진기를 일으켜서 부드럽게 쓰다듬었다.

멍을 빨아내려는 생각이다. 그게 가능할지 모르지만 그렇게 해야지만 내상이 치료될 것 같았다.

"으음……."

그런데 청랑이 몸을 바르르 떨면서 고통이 진득하게 밴 신음을 토해냈다.

진검룡은 그녀의 잔뜩 찌푸린 얼굴을 쳐다보았다.

"조금만 참아라, 랑아. 내가 꼭 낫게 해주마."

사실 청랑은 조금 전에 진검룡이 침상에서 내려올 때 잠에서 깼다.

그런데 그가 갑자기 그녀의 얼굴에 귀를 대고 그다음에는 가슴에도 귀를 대자 화들짝 놀라고 부끄러우며 당황해서 심장이 마구 뛰고 호흡이 불규칙해졌던 것이다.

이어서 그가 그녀의 앞섶을 풀고 가슴의 멍을 압박하며 쓰다듬자 고통 때문에 자신도 모르게 신음이 흘러나왔다.

"아아… 으음… 주… 주인님……."

시커멓게 멍든 가슴을 누르고 있으니 그녀로선 아프지 않을 턱이 없다.

척!

그때 갑자기 문이 열리고 민수림이 들어왔다. 그녀는 어제 약속한 대로 청성파 검법을 가르치기 위해서 진검룡을 데리러 왔다가 청랑의 신음 소리를 문 밖에서 듣고는 무슨 일인가 싶어서 급히 문을 열고 들어온 것이다.

그러나 진검룡은 청랑의 가슴을 치료하는 일에 열중하느라 민수림이 들어온 사실을 알지 못했다.

민수림은 진검룡 뒤에 다가와 멈춰 서 그가 하는 행동, 아니, 짓거리를 잠시 지켜보다가 싸늘한 표정으로 몸을 돌려 문으로 걸어갔다.

탁!

그녀가 나가고 문이 약간 세게 닫히는 소리에 진검룡은 가볍게 놀라서 뒤돌아보았다.

그러다가 그는 어떤 생각이 들어서 급히 일어나 달려가서 문을 벌컥 열고 내다보았다.

과연 저만치에서 민수림이 빠른 걸음으로 걸어가고 있는 뒷모습이 보였다.

"수림! 기다려요!"

그러나 민수림은 뒤도 돌아보지 않고 오히려 번쩍 신형을 날리더니 눈 깜짝할 사이에 밤하늘 속으로 사라졌다.

경공술을 모르는 데다 설혹 안다고 해도 절대로 민수림을 뒤쫓지 못하는 진검룡은 마당에 우두커니 서서 그녀가 사라진 방향을 망연히 바라볼 뿐이다.

'도대체 그녀가 왜……'

민수림이 어째서 방에 들어왔다가 문을 닫고 나가 버린 것인지 생각하던 그는 자신이 청랑의 가슴을 치료하는 것을 민수림이 봤을 것이라는 데 생각이 미쳤다.

'아이고, 맙소사……!'

그는 청랑을 치료한 것이지만 민수림이 봤을 때는 오해할 소지가 충분하고도 남는다는 사실을 이제야 깨달았다.

그의 안색이 하얗게 변했다.

'젠장. 난 이제 죽었다.'

방으로 돌아온 진검룡은 기가 막힌 상황을 맞이했다.

청랑이 방에 우두커니 서 있다가 그가 들어서자 얼굴을 발갛게 물들인 것이다.

아까 그가 풀어 헤쳤던 청랑의 상의 앞섶은 단정하게 채워져 있었다.

"너… 아픈 게 아니었느냐?"

"네, 주인님."

"그럼 조금 전에 어째서 너의 호흡이 가쁘고 심장박동이 거칠었던 거지?"

"그건… 주인님께서 소녀의 얼굴과 가슴에 귀를 대시니까 당황해서……."

진검룡의 얼굴이 보기 싫게 일그러졌다.

"그랬었어?"

"네……."

진검룡은 지푸라기라도 잡는 심정이다.

"그럼 그때 왜 신음 소리를 낸 거야?"

청랑은 얼굴을 더 붉혔다.

"그건 주인님께서 만지니까 아파서……."

"이런 썩을……."

"죄송합니다, 주인님."

"시끄럽다!"

그가 고함을 지르니까 청랑은 화들짝 놀랐다가 고개를 푹 숙이고 옷자락을 만지작거렸다.

"소녀가 죽을죄를 지었어요. 용서해 주세요, 주인님……."

청랑이 흐느끼면서 사죄하고 있어서 진검룡의 심사를 더 뒤틀리게 만들었다.

따지고 보면 청랑이 잘못한 것은 하나도 없으며 순전히 그가 오해를 해서 벌어진 일이다.

"울지 마라. 네가 잘못한 거 없다."

"아니에요. 소녀 때문이에요. 잘못했어요… 흑흑흑……."

진검룡은 흐느껴 우는 청랑을 달래느라 진땀을 뺐다.

그날 민수림은 밤이 늦도록 집에 돌아오지 않았다.

진검룡은 민수림이 없는 상황에서는 아무것도 손에 잡히지가 않아서 그녀를 찾으려고 항주 성내로 봉황산과 서호 주변으로 정신 나간 사람처럼 돌아다녔으나, 끝내 그녀를 찾지 못하고 힘없이 집으로 돌아왔다.

혹시 그녀가 집으로 돌아와 있을 수도 있다는 한 가닥 희망을 품었으나 무참하게 깨졌다.

진검룡은 민수림이 밤중에라도 돌아오지 않을까 해서 한숨도 자지 않고 문 밖에 나와서 기다렸으나 다음 날 동이 틀 때까지도 그녀는 돌아오지 않았다.

그는 서호 너머 동쪽 하늘에서 떠오르는 아침의 태양을 보면서 두 가지 사실을 깨달았다.

그가 생각하고 있던 것보다 민수림이 그를 훨씬 더 좋아하고 있었다는 사실이다.

그렇기 때문에 민수림이 큰 충격을 받아서 집을 나간 것이 아니겠는가.

또 하나는 민수림 없이는 진검룡이 절대로 살아갈 수 없다는 사실이다.

그녀가 곁에 있을 때 그는 자신이 그녀를 막연하게 좋아한다고 생각했다.

그런데 그녀가 집을 나간 이후 별별 생각과 상상을 다 하면서 그는 자신이 그녀를 무척이나 사랑하고 있다는 사실을 깨닫게 되었다.

민수림은 그를 좋아하는 게 분명하고 그는 민수림 없이는 단 하루도 살아갈 수 없는 처지가 된 것이 분명하다.

지금 그녀가 곁에 없다는 생각만으로도 숨이 막혀서 질식할 것만 같다.

날이 밝아서 태양이 서호 위로 점점 높이 떠오르고 있는데도 진검룡은 문 밖에 서서 움직이지 않았다.

그는 가슴이, 아니, 심장이 짓이겨지는 것 같은 참담한 심정에 사로잡혔다.

우려는 절망으로 이어졌다. 민수림은 자그마치 사흘 동안 집에 돌아오지 않았다.

진검룡으로서는 절대로 예상하지 못하고 도저히 이해하지 못할 일이다.

그녀의 부재 때문에 가족들 모두 걱정하고 있지만 진검룡에 비할 바가 못 된다.

그는 지난 사흘 동안 식사는커녕 물 한 모금 마시지 못하고 잠도 자지 못한 탓에 얼굴이 몰라보게 수척해져서 가족들을 놀라게 만들었다.

그는 민수림을 찾지 못한다면 자신이 더 이상 살아가지 못할 것이라는 사실을 예감하고 있다.

그의 두 번째 인생은 민수림이 있기에 가능하고 더욱 찬란해질 것이기 때문이다.

이제 생각해 보니까 민수림은 그냥 동료나 같이 사는 사람 정도가 아니었다.

그녀는 진검룡의 사부이자 친구이며 가족인 동시에 연인, 그래서 모든 것이었다.

그렇기에 민수림을 잃은 진검룡은 인생의 모든 것을 잃었다고 할 수 있다.

진검룡은 지난 사흘 동안 집 근처를 비롯하여 항주 성내와 십엽루, 연검문, 오룡방, 비응보 등 그녀가 갔을 만한 곳들을 두루 살펴보았지만 찾지 못하자 그녀가 완전히 자신을 떠났을 것이라고 생각하여 절망에 빠져 버렸다.

만약 진검룡이 동천목산에서 기억을 잃은 민수림을 만나지 않았더라면 항주 성내 저잣거리의 호리로서 그냥 그렇게 살아갔을 것이다.

그렇지만 민수림이 그에게 새로운 세상을 열어주었다. 더러운 구정물 속에서 버둥거리던 그를 건져서 대장부의 진정한 세계로 이끌어주었다.

진검룡은 저잣거리로 되돌아갈 수 없다. 그는 현재 완성되지 않은 상태다. 만들어지다가 만 어중간한 미완성의 모습으로는 이 새로운 세계에서 더 높이 비상할 수가 없다.

그렇다고 저잣거리의 세계로 돌아가는 것은 죽기보다도 싫은 일이다.

그러니까 반드시 민수림을 찾아야만 한다. 그래야지만 그가 추락하지 않을 것이고 원대한 야망을 이루게 될 것이다.

그러나 민수림을 찾아야만 할 그런 것들을 모두 합친 것보다도 더 큰 이유가 있다.

그녀가 보고 싶어서 숨이 막히고 눈에서 진물이 흘러내리려고 한다.

온몸이 건조해져서 바스라질 것만 같다. 그래서 아무것도 아닌 존재가 돼버린 것 같다.

'숨이 끊어질 것만 같아……'

민수림이 떠난 지 나흘째 오후 무렵에 진검룡은 집 뒤 호수에 정박해 있는 용림당 이 층 선실 앞 의자에 앉아 있다.

그는 눈이 푹 들어간 퀭한 모습으로 망연히 호수 저 먼 곳을 응시하고 있다.

어딘가를 보고 있는 것이 아니라 그저 허공중에서 민수림의 영혼이라도 찾으려는 듯 이리저리 망연자실한 눈동자를 굴리고 있을 뿐이다.

이제는 더 이상 민수림이 갔을 만한 곳이 없기에 아침부터 꼼짝도 하지 않고 이렇게 멍하니 앉아 있었다. 가족들이 걱정하지만 그의 귀에는 아무 소리도 들리지 않았다.

조금 떨어진 난간가에는 청랑이 서서 슬픈 얼굴로 진검룡을 바라보고 있다.

그녀는 자신 때문에 민수림이 떠났고 그래서 진검룡이 크게 상심하고 있는 것이라는 자책 때문에 괴로워하고 있다.

그러나 진검룡은 아무 잘못이 없는 청랑을 원망할 정도로 바보가 아니다. 잘못이 있으면 자신에게 있지 청랑에게는 잘못이 없다고 생각한다.

진검룡이 쫄쫄 굶고 있는 동안 청랑도 굶었으며 그녀 역시 잠 한숨 자지 않았다.

주인이 괴로워하고 있는데 종을 자처하는 그녀가 배불리 먹고 편안하게 잠잘 수 있을 리가 없다.

그때 용림당 갑판에서 낚시를 하고 있던 독보가 위를 보면서 외쳤다.

"대사형! 강비 형이 왔어요!"

완전히 넋이 나가 있는 진검룡은 독보의 말을 듣지 못하고 앉아 있다가 강비가 그의 앞에 나타나서야 초점 없는 눈으로 그를 쳐다보았다.

"대협, 무슨 일이 있습니까?"

진검룡은 멍한 얼굴로 대꾸하지 않았다.

강비는 진검룡의 초췌한 모습을 보고 무슨 중대한 일이 있음을 직감하고 물러서지 않았다.

"대협, 무슨 일이 있는지 말씀해 주십시오."

진검룡은 퀭한 눈으로 강비를 멍하니 쳐다보다가 한순간 뭔가를 깨닫고 눈이 커다랗게 떠졌다.

"그… 그래……!"

강비가 개방 항주분타 소속이라는 사실을 깨달은 것이다. 개방의 정보망은 거미줄처럼 도처에 깔려 있으므로 강비가 나서서 알아보면 민수림의 행방을 찾아낼 수도 있을 것이라고 기대를 했다.

"너… 누구 한 사람을 찾아다오."

진검룡의 말을 듣는 순간 강비의 뇌리를 번개같이 스치는 한 사람이 있다.

"민 소저이십니까?"

그녀가 보이지 않기 때문이고, 진검룡을 이 정도로 상심시킬 수 있는 사람은 그녀뿐이라고 생각하기 때문이다.

"그렇다. 지금 당장 그녀의 행방을 알아봐라."

"민 소저가 언제 사라지셨습니까?"

"그게……."

정신이 나가 있는 진검룡이 대답하지 못하자 청랑이 나직한 목소리로 대신 대답했다.

"나흘 전 새벽 인시 무렵이었어요."

강비는 청랑을 처음 보지만 지금은 그녀가 누구냐고 물을 때가 아니라서 진검룡에게 허리를 굽힌 후에 급히 용림당 아래로 달려 내려갔다.

"곧 소식 드리겠습니다."

*   *   *

이번에는 강비의 소식을 기다리느라 진검룡은 아무것도 먹지 못하고 밤새 한숨도 자지 못했다.

강비가 어련히 알아서 민수림 소식을 알아내고 전해줄 텐데도 그는 결과를 상상하느라 초조함이 극에 달해서 숨 쉬는 것조차 어려웠다.

민수림이 집을 나간 지 오늘로써 벌써 닷새째다. 그는 밤에도 침상에 눕지 않고 의자에 앉아 있거나 마당이나 집 밖을 서성거린다.

그렇지 않으면 용림당 이 층 선실의 민수림과 함께 자주 앉았던 탁자 앞에 앉아서 하염없이 호수를 바라보곤 한다. 그렇게 해야지만 조금이라도 마음이 놓인다.

그중에서도 용림당 이 층 선실을 가장 자주 찾는다. 그곳에 민수림과의 추억이 많기 때문이다.

지금도 그는 캄캄한 한밤중에 용림당 이 층 선실 앞 의자에 앉아서 하염없이 호수를 바라보고 있다.

그의 머릿속은 오로지 민수림 생각으로 가득 차 있을 뿐이다. 날이 가면 그녀가 잊히는 것이 아니라 오히려 더욱 깊은 생채기가 남아서 가슴을 저민다.

이러다가 미쳐 버리는 것이 아닐까 할 정도로 그의 심신은 황폐해질 대로 황폐해졌다.

그때 문득 그는 누군가 달려오는 파공음과 옷자락 날리는 소리를 들었다.

그는 공력이 백삼십오 년에 달하기 때문에 일부러 공력을 끌어올리지 않아도 이 정도 기척은 아무 때나 상시 감지할 수가 있다.

"수림……."

그는 벌떡 일어나면서 중얼거리다가 곧 얼굴이 흐려졌다. 민수림은 경공을 전개해도 일절 기척이 없다는 사실을 떠올렸기 때문이다.

자시(子時: 자정 무렵)가 넘은 시각에 인적이 드문 이곳에 누군가 달려오고 있다면 강비일 가능성이 높다.

또한 강비가 이런 시각에 오고 있다면 민수림을 찾았거나 최소한 어떤 흔적이라도 발견했기 때문일 것이다.

거기까지 생각한 진검룡은 그대로 있을 수가 없어서 용림당에서 뛰어내려 집 밖 관도 쪽으로 한달음에 달려갔다.

그는 관도를 삼십여 장쯤 달려가다가 전방에서 흑영 하나가 마주 달려오고 있는 것을 발견하고 강비일 거라고 짐작했다.

"비냐?"

"그렇습니다, 대협."

그가 달려가면서 묻자 달려오는 사람이 대답했다.

달려오는 강비가 곧 모습을 드러내자 진검룡은 다짜고짜 그의 팔을 붙잡고 다그쳐 물었다.

"수림을 찾았느냐?"

"찾은 것 같습니다."

그런데 강비의 대답이 좀 애매했다.

"찾은 것 같다는 것은 무슨 뜻이냐?"

어둠 속에서 강비가 고개를 갸우뚱했다.

"목격자들 말에 의하면 민 소저가 분명한데 그분께서 산속으로 가셨을 리가 없어서 말입니다."

순간 진검룡은 뇌리를 스치는 것이 있어서 버럭 외쳤다.

"그녀가 동천목산으로 갔느냐?"

강비가 눈을 크게 떴다.

"그렇습니다. 어떻게 아셨습니까?"

진검룡은 대답하지 않고 동천목산이 있는 캄캄한 북쪽 하늘을 망연히 바라보았다.

"수림……."

민수림이 동천목산에 갔을 것이라는 생각은 단 한순간도 해본 적이 없었다.

그렇지만 이제 와서 생각해 보니까 왜 그 생각을 못 했는지 자신이 한없이 멍청하기만 했다.

기억을 완전히 잃어버린 민수림이 이곳 집이 아니면 갈 곳이 어디에 있겠는가.

동천목산은 기억을 잃은 그녀가 최초에 깨어난 곳이며 진검룡을 처음 만났던 곳이다.

그러니까 그곳은 그녀에게 마음의 고향이라고도 할 수 있다는 뜻이다.

진검룡은 떠난 지 한 달여 만에 동천목산을 다시 찾아왔다.

사문의 청풍사선검을 극한까지 연마하겠다고 입산했던 것이 넉 달 전의 일이었다.

그리고 석 달 동안 끼니를 굶어가면서 간신히 청풍사선검을 칠 성까지 연마했을 때 마치 우연인 양, 그러나 기적처럼 민수림을 만났다.

그리고 보니까 진검룡이 민수림을 항주 서호변의 설위촌(雪葦村) 집에 데리고 가서 함께 산 기간은 한 달 남짓밖에 되지 않았다.

진검룡은 그 짧다면 짧은 한 달 동안에 완전히 다른 새사람으로 새롭게 태어났다.

항주 성내 용정교 일대에서 호리 혹은 봉달이라고 불리며 살았던 그는 민수림을 만나서 한 달을 지내는 동안 항주를 쩌렁하게 떨어 울리는 전광신수 대협으로 탄생했다.

그에게 저잣거리의 호리, 봉달이로 돌아가라고 한다면 죽으면 죽었지 절대로 그렇게는 못 할 것이다.

지금 돌이켜서 생각해 보면 어찌 그처럼 형편없는 삶을 살았었는지 한심하기 짝이 없다.

"헉헉헉……"

진검룡은 강비에게 민수림이 동천목산으로 들어갔다는 말을 들은 직후 집을 출발하여 장장 칠십여 리 거리를 딱 한 번 쉬고는 줄곧 달려왔다.

경공술이라고는 배운 적이 없는 그가 오로지 공력과 두 다리만으로 여기까지 달려왔으니, 허파가 터질 것 같아서 숨이 턱에 차고 금방이라도 쓰러질 것처럼 기진맥진한 것은 당연한 일이다.

그가 동천목산 초입의 마을에 딱 한 번 멈춘 이유는 혹시 민수림이 굶고 있을지 몰라서 그녀에게 먹일 것과 술을 사기 위해서였다.

항주 서호변 설위촌 집에서 이른 새벽 축시(丑時: 오전 2시경)에 출발한 그는 어스름 땅거미가 질 즈음에 험산 동천목산에서도 가장 깊은 골짜기에 도착했다.

"으헉헉헉……"

그는 계류 가에 있는 움막 앞에 털썩 주저앉아서 거친 숨을 토해내는데 얼마나 힘든지 심장과 허파가 입 밖으로 튀어나올 것만 같았다.

그러면서도 그는 주위를 두리번거리면서 민수림이 있는지 확인하는 것을 게을리하지 않았다.

그렇지만 그가 주저앉아 있는 곳에서는 어디에서도 민수림의 모습이 보이지 않았다.

강비의 말에 의하면, 아니, 개방 항주분타가 조사한 바에 의하면 민수림이 동천목산으로 들어간 것은 거의 확실하다.

마지막으로 동천목산 입구의 마을에서도 민수림이 동천목산으로 들어가는 모습이 장사꾼들이나 마을 사람들에 의해서 목격됐기 때문이다.

민수림처럼 절세적인 미녀는 천하 어디에 가더라도 사람들의 이목을 끌게 마련이다.

그러므로 그녀가 항주에서 이곳 동천목산까지 왔다면 여러 사람들이 그녀를 봤을 테고, 또한 그것을 조사하는 조직이 천하제일 대방파인 개방이므로 잘못됐을 리가 없다.

진검룡은 봇짐을 내려놓고 일어나서 주위를 두리번거리며 계류 상류 쪽의 온천탕이 있는 담으로 걸어갔다. 봇짐에는 먹을 것들과 술 몇 병이 들어 있다.

민수림이 이곳에 왔다면 그녀가 있을 만한 곳은 움막 아니면 온천탕 주변이 전부다.

그녀 혼자서 험준한 산속을 헤매고 다니지는 않을 것이고 그럴 이유도 없다.

움막을 살펴봤으나 그가 떠날 때하고 별반 다르지 않은 곧 쓰러질 것 같은 모습이라서 민수림이 거기에서 머물렀을 것 같아 보이지는 않았다.

그는 계류 가장자리를 따라서 걸어가며 두 손을 입에 모아 큰 소리로 외쳤다.

"수림! 내가 왔습니다! 검룡입니다! 어디에 있습니까?"

그의 외침이 멀리까지 퍼져갔다가 메아리가 되어 쩌렁거리면서 다시 돌아왔다.

그가 잠시 귀를 쫑긋 세우고 기다렸으나 민수림의 반응은 전혀 없었다.

진검룡은 목이 터져라 고래고래 계속 외치면서 주위를 살피며 온천탕까지 걸어왔다.

한눈에 보기에도 온천탕과 근처에는 민수림이 없다. 불길한 예감이 그의 등골을 저몄다.

'수림이 동천목산에 오지 않았다는 것인가?'

강비가 전해준 개방의 정보에 의하면 민수림이 동천목산으로 갔다고 했는데 정작 와보니까 그녀가 이곳에 없다.

도대체 어찌 된 일인가.

진검룡은 온천탕 옆에 모닥불을 피우고 앉아 있다가 깜빡 잠이 들었다.

오늘까지 닷새째 한숨도 자지 않은 데다 항주에서 이곳까지 칠십여 리 길을 쉬지 않고 달려온 탓에 피로가 파도처럼 밀려들어 견딜 수 없었다.

활활 타오르는 모닥불이 높고 깊은 산중에서의 한겨울 추위를 몰아내자 잠이 쏟아진 탓도 있다.

그러나 그는 모닥불 옆에 웅크린 채 두 시진 조금 못 되게 자고는 벌떡 일어나 앉았다.

꿈을 꿨는데 꿈속에서 민수림이 불구덩이 같은 곳에 빠져 허우적거리는 광경을 봤기 때문이다.

"아아……."

그는 앉아서 해쓱한 얼굴로 캄캄한 주위를 두리번거렸다.

그는 아직 잠이 덜 깬 상태라서 민수림이 지금 당장에라도 어디에선가 살려달라고 외치면서 튀어나올 것만 같았다.

모닥불의 불길은 꺼지고 몇 개의 숯불이 빨갛게 달아올라 있을 뿐이다.

'수림, 도대체 어디에 있는 겁니까?'

그는 안타까운 마음이 넘쳐서 내장이 온통 목구멍 밖으로 쏟아질 것 같은 심정을 안고 천천히 일어섰다.

강비는 민수림이 이곳에 갔다는 정보를 주었지만 진검룡이 직접 와서 확인해 본 결과 그녀는 이곳에 없는 것이 분명하다.

진검룡은 일어나 주위를 둘러보고 나서 마른 나뭇가지 몇 개를 주워 모닥불에 얹어 불을 피웠다.

그러고는 아무 생각 없이 물끄러미 온천탕을 바라보았다.

온천탕 바닥과 한쪽 벽에서는 예전처럼 부글거리면서 뜨거운 온천수가 뿜어지고 있다.

내일 날이 밝으면 민수림을 한 번 더 찾아보고 민수림이 없으면 이곳을 떠나야 한다.

아무도 없는 곳에 넋 놓고 앉아 있기보다는 빨리 이곳을 떠나서 민수림을 찾아봐야 한다.

문득 그의 시선이 온천탕 안에 나란히 뚫린 두 개의 동혈(洞穴) 즉, 수중 동굴에 머물렀다.

세차게 부글거리는 거품 사이로 두 개의 수중 동굴이 일렁거리면서 보였다.

예전에 민수림은 저 두 개의 수중 동굴 중 왼쪽의 만천극열수가 쏟아져 나왔던 곳으로 뛰어들었던 적이 있었다.

그때 그녀는 무려 한 시진이 거의 다 돼서 수중 동굴에서 솟구쳐 나와 그대로 혼절했다.

그래서 진검룡이 과거 항주 성내 강이나 운하에 빠진 익수자를 구했던 경험을 되살려서 가슴을 압박하고 입을 맞추어 공기를 불어 넣어 겨우 살려낸 적이 있었다.

그 당시에 민수림이 두 개의 수중 동굴 중 한 곳에 들어간 이유는 진검룡의 중얼거림 때문이었다.

"저 수중 동굴 안으로 들어갈 수만 있다면 어디에서 왔는지 알 수 있지 않을까?"

민수림은 그 말을 들은 즉시 온천탕에 뛰어들어 왼쪽 동혈 속으로 빨려 들어갔던 것이다.

진검룡은 동혈 즉, 수중 동굴을 뚫어지게 주시했다. 그의 생각으로는 어쩌면 민수림이 이번에도 왼쪽 수중 동굴 속으로 들어갔을 것 같았다.

왜냐하면 왼쪽 수중 동굴에서 지정극한수가 뿜어져 나왔기 때문이다.

민수림은 자신이 얼음보다 차디찬 물과 함께 밖으로 뿜어졌었다고 말했다. 그렇다면 지정극한수가 분명하다.

강비가 알아낸 개방의 정보에 의하면 민수림이 동천목산에 들어갔다고 하는데 진검룡이 막상 이곳에 와보니까 그녀가 보이지 않는다.

또한 그가 최대한 큰 소리로 그녀의 이름을 불렀지만 나오지 않았다.

그렇다는 것은 그녀가 보이지 않고 들리지도 않는 곳 즉, 수중 동굴 속에 들어갔을지도 모르는 일이다.

진검룡은 수중 동굴을 뚫어지게 쏘아보았다.

'만약 수림이 오래전에 저 안에 들어갔는데 나오지 못하고 있는 것이라면……'

사실 진검룡으로서는 민수림을 찾아낼 수 있는 단 일 푼의 가능성이라도 있으면 실행할 수밖에 없는 입장이다.

이대로 집으로 돌아가서 또다시 무작정 그녀를 기다려야 한다는 것은 그 자신이 견디지 못할 것 같다.

수중 동굴에 들어가 보리라고 마음을 굳힌 그는 옷을 훌훌 모두 벗고 잠시 후 알몸이 되어 서슴없이 온천탕 안으로 뛰어

들었다.

첨벙!

그는 나란히 있는 두 개의 수중 동굴 중 고민할 것 없이 왼쪽으로 두 팔을 곧게 앞으로 나란히 뻗어 몸을 길게 만들어서 빨려 들듯 들어갔다.

예전에 그는 이 수중 동굴에 들어가기는커녕 관심 깊게 들여다본 적도 없었다.

그가 들어간 왼쪽 수중 동굴은 일전에 민수림이 들어갔다가 혼절해서 나온 곳이다.

그곳에서는 지정극한수가 뿜어져 나왔었는데 기억을 잃은 민수림이 바로 그곳에서 튀어나왔다.

진검룡은 처음에 입구가 좁아서 몸을 쭉 펴서 들어갔지만 안으로 들어갈수록 점차 넓어져서 허리를 숙인 자세로 걸을 수 있게 되었고 더 들어가자 선 채로 걸을 수 있게 되었다.

펄펄 끓는 온천수라서 물은 조금 뜨거운 편이지만 참지 못할 정도는 아니다.

이제부터 그가 해야 할 일은 가능한 최대한 숨을 참아야 한다는 것이다.

진검룡은 자신이 어느 정도까지 숨을 참을 수 있는지 시험해 본 적이 없어서 알지 못한다.

그렇지만 그는 할 수 있는 데까지 최대한 숨을 참고 깊이 들어가 볼 생각이다. 아니, 민수림을 찾아서 나올 때까지 숨을 참아야만 할 것이다.

안으로 깊이 들어갈수록 높이와 폭이 넓어져서 걸을 수 있을 정도가 됐지만 대신 칠흑처럼 어두워졌다.

第三十三章

민수림 돌아오다

　진검룡은 귀식대법을 배우지 못했기 때문에 순전히 공력의 힘으로 숨을 참으면서 전진하고 있는 중이다.

　그러면 한계가 빨리 찾아오지만 지금으로선 찬밥 더운밥 가릴 처지가 아니다.

　수중 동굴 안에선 겨우 선 자세를 취할 수 있기 때문에 걷는 것 이상의 속도를 낼 수가 없다.

　그의 짐작으로는 수중 동굴에 들어온 지 일각이 지났으며 입구에서 삼백여 장 정도 진입한 것 같다.

　그런데 벌써 숨이 찼다. 겨우 일각이 지나고 삼백여 장 들어왔을 뿐인데, 그래서 민수림을 아직 찾지도 못했는데 숨이 차서 오래 견디지 못할 것 같다.

귀식대법이 아닌 공력으로 숨을 참을 수 있는 한계는 그의 예상보다 훨씬 일찍 찾아왔다.

그의 계산으로는 기껏해야 이제부터 이삼십 장 더 들어갔다가 몸을 돌려 되돌아 나가야지만 살아서 수중 동굴을 나갈 수 있을 것 같아서 비참한 기분이 들었다.

민수림을 구하겠다고 들어와서는 겨우 삼백여 장 남짓 진입하고 숨이 차서 돌아 나가야 하다니 자신의 능력이라는 것이 너무도 초라했다.

이 수중 동굴은 아무리 못해도 수십 리, 아니, 그보다 몇 배 더 길게 뻗어 있을지 모른다.

초극고수인 민수림이 수중 동굴에 들어갔다가 한 시진이 넘어서야 나온 것을 보면 길이가 얼마나 되는지 미루어 짐작할 수가 있다.

그런데 진검룡은 겨우 삼백여 장 진입하고는 숨이 차서 더 이상 들어가지 못하게 되었으니 스스로 생각해도 너무 비참해서 죽고 싶은 심정이다.

하지만 앞뒤 분간하지 못하고 객기를 부릴 때가 아니다. 지금 되돌아 나간다고 해도 수중 동굴 입구까지 갈 수 있을지 자신이 없다.

만약 그가 입구까지 도달하지 못한다면 이곳의 펄펄 끓는 뜨거운 온천수 안에서 숨이 끊어져 푹푹 익고 말 것이다. 그는 이처럼 허약한 존재다.

숨이 막혀서 공력을 끌어올릴 수 없기에 코끝조차 보이지 않을 만큼 너무도 캄캄한 곳에서 그가 할 수 있는 것은 지극히 제한적이다.

'병신 같은 놈······.'

그는 처참한 기분이 되어 스스로를 질책하면서 그만 나가기 위해서 몸을 돌렸다.

물속이라서 한 번에 몸이 돌려지지 않고 앞으로 몇 걸음 더 비틀거리면서 나아갔다가 겨우 몸이 멈췄을 때 돌아섰다. 그러면서도 숨이 너무 차서 눈알이 튀어나올 지경이다.

턱······.

그런데 그때 그의 발끝에 뭔가 물컹한 것이 걸렸다.

수중 동굴은 바닥이고 천장, 양쪽 벽이 전부 돌이나 바위라서 단단하기에 물컹한 감촉이 있을 수가 없다. 있다면 한 가지 경우일 뿐이다.

'설마······.'

진검룡은 돌아서다가 말고 원래 나아가던 방향을 향해서 몸을 던지듯이 엎어지며 두 손으로 바닥을 더듬거렸다.

그랬더니 곧 두 손에 사람의 몸이 물컹 하고 만져졌다. 진검룡은 그 몸을 조심스럽게 더듬고 쓰다듬어 보았다.

'수림!'

한순간 그는 악을 쓰듯이 속으로 외치고는 바닥에 쓰러져 있는 물컹한 존재 즉, 민수림을 부둥켜안았다.

그녀가 정말로 민수림인지 확인하거나 생사를 살펴볼 겨를조차 없다.

수중 동굴 안에 사람이 누워 있다면 민수림일 가능성이 백이면 백이다.

지금은 일단 무조건 그녀를 안고 수중 동굴 밖으로 나가는 것이 급선무다.

그러나 민수림을 안고 무사히 수중 동굴을 벗어날 가능성은 희박하다.

민수림을 발견하는 바람에 이곳에서 조금 더 지체해서 숨이 막혀 혼절할 지경이다.

그러나 이게 끝이 아니다. 이제는 민수림을 안고 돌아 나가야만 한다.

진검룡은 마지막의 마지막까지 정신을 잃지 않으려고 기를 쓰면서 달리다가 민수림과 함께 수중 동굴 바닥에 나뒹굴면서 엎어졌다.

그는 이미 뜨거운 물을 여러 차례 들이켜서 폐에 물이 많이 찬 상태지만 강인한 정신력 덕분에 쓰러져서도 기를 쓰고 꿈틀꿈틀 기었다.

한 치 앞도 보이지 않는 칠흑 같은 어둠 속에서 도대체 출구가 얼마나 남았는지도 몰랐지만, 그저 손가락으로 바닥을 긁으면서 아주 조금씩 전진했다.

'으으… 빌어먹을……'

그런데 이젠 정말로 최후다. 최악의 상황에서 버텨도 정말 오래 잘 버텼다.

여기까지라도 온 것은 그의 정신력 덕분이지만 이젠 더 이상 못 견디겠다.

이미 호흡이 끊어진 지는 오래전이고 지금은 정신마저도 몸을 떠나고 있다.

'수림… 미안합니다……'

그는 민수림을 꼭 안으면서 하얗게 정신을 잃었다.

부그르르르…….

진검룡이 다시 정신을 차렸을 때 제일 먼저 그런 소리가 귓전에서 울렸다.

'음… 뭔가?'

그러고는 비가 오는 것처럼 물방울이 얼굴과 몸에 떨어지는 것이 느껴졌다.

그런데 물방울이 차갑지 않고 뜨겁다. 그것은 비가 아니라 온천수라는 뜻이다.

또한 온천수가 그의 몸에 후드득 떨어지고 있다는 것은 그가 온천탕에 누워 있다는 얘기다.

"……."

그는 몽혼한 기분으로 천천히 눈을 떴다. 가장 먼저 보인 새카만 밤하늘에 은모래를 뿌려놓은 것처럼 수천만 개의 별들이 은빛으로 빛나고 있다.

'나는 살아 있는 것인가······.'

속으로 그렇게 중얼거리고 있을 때 매우 중요한 두 가지 사실을 깨달았다.

하늘을 향해 누워 있는 그의 몸 위에 누군가 겹쳐져서 누워 있다는 것과 그의 몸이 수면에 떠서 이리저리 흔들리고 있다는 사실이다.

갑자기 정신이 번쩍 든 그는 자신의 몸 위에 누워 있는 사람을 더듬어보았다.

'혹시······.'

바로 그때 그는 생전 처음 깨달았다. 사람의 몸이라는 것이 손으로 만지는 것만으로도 익숙함 혹은 낯익음을 감지할 수 있다는 사실을 말이다.

'수림이다······!'

민수림은 그의 아내가 아니고 연인도 아니다. 그래서 그녀의 몸을 만져서 익숙함을 느낄 정도는 아닐 텐데도 그는 잠시 그녀를 더듬어서 만져보고는 대번에 민수림이라는 사실을 확신했다.

그것은 머리가 인지한 것이 아니라 두 손의 감촉이 그녀라고 확인한 것이다.

진검룡은 두 팔로 그녀를 안고 조심스럽게 상체를 일으켜서 몸을 세웠다.

부그르르르…….

그러고 보니까 이곳은 온천탕 안이다. 그는 최후의 발악을 하다가 혼절했었는데 기적인지 무엇인지 수중 동굴에서 온천탕으로 떠밀려 나온 모양이다.

그게 아니면 그가 혼절했던 지점이 수중 동굴의 출구 부근이었는지도 모른다.

어쨌든 이제 와서 그런 걸 알 바가 아니고 살았다는 사실이 중요하다.

이제는 죽었다고 절망하면서 혼절했는데 하늘이 도와서 그는 살아났다.

이제는 민수림의 생사를 확인해야 하는데 그녀가 아직 살아 있을 것이라는 느낌이 강렬하게 들었다.

어디에 근거를 둔 느낌인지는 모르지만 그냥 그런 느낌, 아니, 기운이 강렬했다.

진검룡의 두 발이 온천탕 바닥에 닿았으며 그보다 키가 작은 민수림의 몸은 그의 두 팔에 안겨서 온천수에 떠 있다.

그녀의 머리가 힘없이 그의 오른쪽 어깨에 걸쳐졌다.

"수림……."

그는 민수림의 옆얼굴을 보면서 그리움이 진득한 낮은 목소리로 그녀를 불렀다.

민수림의 안색은 파리할 정도로 해쓱하고 조금 벌어진 입에서 물이 흘러나오고 있다. 그녀의 목구멍이나 폐에 물이 차있다는 뜻이다.

진검룡이 두 팔로 안고 있는 그녀의 배에 조금 힘을 주니까 그녀의 입에서 '쿨럭!' 하고 물이 쏟아졌다.

그는 민수림을 안고 온천탕에서 나와 모닥불 옆에 반듯하게 눕혔다.

모닥불은 매우 희미하게 숯불이 아직 남아 있었다.

그렇지만 모닥불을 살리는 것보다는 민수림을 살리는 것이 더 급한 일이다.

진검룡은 한 달여 전 민수림이 수중 동굴에서 튀어나왔을 때 그녀를 살린 경험이 있다.

굳이 확인하지 않아도 지금 민수림은 그때하고 똑같은 익수자 상태일 것이다.

그래도 어느 정도 상태인지 확인을 해야겠기에 그녀의 코와 가슴에 귀를 대고 호흡과 심장박동을 들어보았다.

'이게 뭐야?'

진검룡은 민수림 가슴에 귀를 밀착시킨 채 눈을 커다랗게 부릅떴다.

심장이 뛰지 않았다. 아무리 귀를 밀착시키고 자세히 들어봐도 심장이 미약하게도 뛰지 않았다.

그것을 굳이 다른 말로 한다면 심장이 멈췄다. 즉, 그녀가 죽었다는 뜻이다.

진검룡의 머릿속이 새하얗게 탈색됐다.

"말도 안 돼……."

그는 고개를 들면서 절망 어린 표정으로 중얼거렸다. 인간의 심장박동이 정지했다면 죽었다는 얘기다.

눈앞의 처절하도록 아름다운 민수림이 죽었다는 뜻이다. 그래서 그의 가슴이 갈가리 짓찢어졌다.

민수림이 정말로 죽어서 한 줌의 재가 된다고 해도 그는 절대로 그녀의 죽음을 믿지 못할 것이다.

"이런 개같은 경우가 어디 있냐고… 염병할!"

그는 중얼거리다가 고꾸라지듯 민수림의 얼굴에 고개를 처박고 귀를 붙이며 다시 숨소리를 들어보았다.

착각이 아니었다. 지금 역시 숨소리는커녕 그 어떤 생존의 징후가 감지되지 않았다.

"흐으으……."

진검룡의 입에서 상처 입은 짐승의 흐느낌 같은 신음이 흘러나왔다.

"수림… 죽으면 안 됩니다… 죽지 마세요……."

그러나 이미 숨이 끊어진 상태인 민수림을 그로서는 어떻게 해볼 방법이 없다.

민수림이 죽었다는 사실을 진검룡은 단 일 푼어치도 믿지 않았다. 아니, 믿고 싶지 않았다. 어떻게 그런 일이 있을 수 있다는 말인가.

그가 알고 있는 민수림은 무공이 절대의 경지에 올라 있으며 하지 못하는 것이 없는 신이고 인간 세계에 대해서라면 모르는 것이 없는 무불통지다.

그런 그녀가 죽었을 리가 없다. 그녀라면 자신의 죽음에 철저한 대비를 해두었을 것이다.

그러니까 이것은 뭔가 잘못됐거나 진검룡이 잘못 알고 있는 것이 분명하다.

그러나 민수림이 절대로 죽지 말아야 할 가장 큰 이유는 다른 데 있다. 진검룡이 그녀를 사랑하고 있기 때문이다.

지금까지는 몰랐었는데 그는 정말이지 죽도록 그녀를 사랑하고 있었다. 그걸 깨닫지 못했을 뿐이다.

그가 아직 죽어도 좋다고 허락하지 않았는데 어떻게 그녀가 자기 마음대로 죽을 수 있다는 말인가. 절대로 있을 수 없는 일이다.

"······!"

그때 문득 진검룡은 민수림의 몸이 매우 차갑다는 사실을 느끼곤 급히 마른 나뭇가지를 한 아름 주워서 모닥불에 얹고 불을 살렸다.

타닥… 탁! 화르르!

잠시 후에 불길이 활활 타오르는 것을 보고 그는 민수림의 몸을 만져봤으나 여전히 얼음처럼 차갑기만 했다. 모닥불을 쬐는 쪽은 따스한데 반대쪽은 차가웠다.

그래서 결국 그는 벗어둔 자신의 옷을 가져와서 그녀에게 덮어주었다.

반각쯤 지난 후에 그녀의 몸을 만져봤지만 모닥불이 있는 방향 반쪽은 따스하고 반쪽은 차갑기가 마찬가지라서 최후의 수단으로 그는 마주 보는 자세로 그녀를 끌어안고 그 위에 옷을 덮었다.

사람이 죽으면 몸이 점점 차가워진다는 것은 모두 알고 있는 상식인데도 진검룡은 민수림이 죽었다는 사실을 인정하지 않았기에 그녀를 살리려고 몸부림치는 것이다.

사실 민수림은 현재 천정대법(天頂大法)이라는 상승수법을 전개하고 있는 중이다.

그것은 귀식대법보다 훨씬 높은 경지의 수법으로 가사 상태에서 버티는 시간이 귀식대법에 비해서 대여섯 배에 달한다.

원래 그녀는 진검룡이 청랑을 만지는 광경을 목격하고는 큰 충격을 받아서 이것저것 생각할 겨를도 없이 무작정 집을 뛰쳐나갔다.

그러나 그녀는 두어 시진이 지났을 때 분노와 흥분이 가라앉자 진검룡이 그런 짓을 할 정도로 파렴치한 사람이 아니라는 사실을 깨달았다.

*　　　　*　　　　*

그녀가 평소에 알고 있는 진검룡은 그녀에게 가끔 짓궂은 장난을 치기는 하지만 호색을 한다거나 변태적인 행동을 하는 파렴치한이 아니었다.

그래서 그녀는 자신이 오해를 했을 것이라고 판단했지만 한 번 큰 충격을 받고 집을 뛰쳐나왔기 때문에 그대로 돌아가고 싶지 않았다.

더구나 그녀가 정신을 차리고 주위를 돌아보니까 어느새 동천목산 깊은 산중에 들어와 있는 자신을 발견했다.

자신도 모르는 사이에 본능적으로 이곳까지 정신없이 달려왔던 것이다.

이곳은 한 달여 전에 혼절한 그녀가 온천탕 속 수중 동굴에서 튀어나와 진검룡을 처음 만났던 바로 그 장소다.

그래서 그녀는 이곳에 온 김에 한 달여 전에 자신이 튀어나왔던 지정극한수의 그 수중 동굴로 한 번 더 들어가 보기로 마음먹었다.

이곳은 그녀가 기억을 잃은 상태에서 탄생한 어머니의 자궁 같은 장소다.

이곳에 와서 생각하게 된 것이지만 항주 서호 설위촌에 있는 진검룡의 집에는 백날 천 날 머물러 봐야 그녀가 기억을 되찾는 데에는 아무런 도움이 되지 않는다.

상처를 치료하려면 상처에서 피고름을 짜내고 후벼 파서

약을 발라야만 한다.

상처가 만들어진 곳은 여긴데 다른 곳에서 기억을 되살리려고 발버둥 쳐봐야 헛수고다.

그래서 기억을 잊은 곳에서 되찾으려고 온천탕의 왼쪽 수중 동굴로 진입했던 것이다.

그녀는 애초에 겉옷을 벗고 들어갔었는데 그 이유는 혹시 수중 동굴 안에서 옷이 찢어지거나 잃을 수도 있기 때문이고, 또한 수중 동굴의 맞은편으로 나가지 못한다면 다시 되돌아나와서 옷을 입어야만 하기 때문이다.

그렇게 들어간 것이 나흘 전이었다. 굉장한 일이지 않은가.

그녀가 전개한 천정대법이 수중에서 숨을 쉬지 않고 나흘씩이나 견디게 해주었으니 말이다.

그런데 그녀의 욕심이 과했다. 수중 동굴에 들어가서 이틀 넘도록 달렸는데도 끝이 나오지 않으니까 좀 더 가볼 요량으로 내쳐 달린 것이다.

그녀는 자신이 달리는 속도로 미루어 이틀 동안 천 리 이상 왔을 것이라고 짐작했다.

지상이라면 이틀에 오천 리는 달렸을 것이지만 수중이라서 천 리라고 계산한 것이다.

또한 그녀의 계산에 의하면 수중 동굴이 줄곧 북서쪽으로 뻗어 있었다.

중간에 몇 번 구불구불했지만 결국 수중 동굴이 곧고도 길게 뻗어 있는 방향은 북서쪽이었다.

하지만 그녀는 천정대법을 며칠씩이나 길게 전개해 본 적이 없었으므로 그것의 최대 한계가 언제까지인지 정확하게 알지 못했다.

그러고는 이틀 반 동안 천사백여 리를 달려서도 수중 동굴의 끝을 보지 못하고 끝내 되돌아 나와야만 했다.

그녀는 자신이 동천목산의 온천탕 밖으로 나가지 못하고 수중 동굴 안에서 죽을지도 모른다는 생각을 했다.

그렇지만 이대로 죽을 수는 없었다. 자신이 누군지도 모른 채 죽는다는 것은 너무도 억울한 일이다.

하지만 나흘째가 가까워지자 그녀의 달리는 속도가 현저히 저하되고 비틀거리기 시작했다.

그녀는 사력을 다해서 더욱 빠른 속도로 달렸으나 끝내 견디지 못하고 쓰러지고 말았다.

그리고 정신을 잃기 직전 이상하게도 그녀의 망막에 한 사람의 영상이 아련하게 떠올랐다.

진검룡이었다.

진검룡은 민수림이 소생할 기미를 보이지 않으니까 너무도 절박해서 눈물이 났다.

울음이 터져서 처음에는 어깨를 흔들다가 나중에는 온몸

을 흔들고 떨면서 꺼이꺼이 통곡을 해댔다.

진검룡은 자신을 향해 옆으로 누워서 눈을 꼭 감고 있는 민수림의 창백한 얼굴을 바라보고 있는데 눈물이 쉬지 않고 흘러나왔다.

"수림, 절대로 그대를 이렇게 보낼 수 없습니다. 무슨 일이 있어도 당신을 살리겠습니다……! 크흑!"

그는 이렇게 민수림을 안고만 있을 수는 없으며 뭐라고 해야겠다고 생각했다.

'숨을 쉬지 않으면 숨을 쉬게 만들고 심장이 뛰지 않으면 뛰도록 만들면 되는 것 아니겠는가…….'

이미 죽어서 몸이 싸늘하게 식은 시체를 뭘 어쩌자는 것인지 그는 갑자기 정신이 번쩍 들어서 두 손으로 민수림의 얼굴을 잡고 입술을 덮었다.

후우우! 후우우!

그러고는 세차게 공기를 주입시켰다. 뿐만 아니라 그녀의 얼굴을 잡고 있던 두 손으로 그녀의 몸을 주무르면서 진기를 주입했다.

이렇게라도 하는 것이 진검룡이 할 수 있는 최선이고 최후의 방법이다.

이래서도 민수림이 깨어나지 않는다면 그가 할 수 있는 일은 아무것도 없다.

민수림의 천정대법의 최대 한계치는 닷새이며 그 시점이 바로 이때쯤이다.

　천정대법이 풀리면서 그녀는 빠르게 정신이 돌아오고 가사 상태에서 깨어났다.

　"……!"

　그런데 그녀는 뭔가 아주 이상한 느낌을 받았다. 입으로 계속 바람이 거세게 스며들고 동시에 누군가 자신의 몸을 주무르고 있는 것이다.

　그녀는 아직 눈을 뜨지 않았지만 그 순간 가장 먼저 번쩍 떠오르는 어떤 기시감(旣視感)이 있다.

　한 달여 전에 그녀가 이곳 온천탕에서 정신을 차리고 깨어날 때 누워 있는 그녀의 몸에 진검룡이 올라앉아 입을 맞추고 공기를 불어 넣으면서 동시에 두 손으로 가슴을 있는 힘껏 압박하며 누르고 있었는데, 그때 그 광경이 지금 막 떠오른 것이다.

　진검룡은 얼굴이 새빨개지도록 민수림 입에 힘차게 공기를 불어 넣고 있다.

　그는 눈을 부릅뜨고서 왼팔로는 그녀를 끌어안고 오른손 손바닥을 펼쳐서 규칙적으로 압박을 해주었다.

　후우우! 후우우!

　그는 아무 말도 하지 못하는 상황이지만 튀어나올 듯이 부릅뜬 두 눈은 지금 그가 얼마나 처절한 심정인지 잘 대변해

주고 있다.

그런데 그때 거짓말처럼 민수림의 두 눈이 사르르 떠졌다.

"⋯⋯!"

진검룡은 모든 동작을 뚝 멈추면서 눈을 커다랗게 뜨고 그녀의 눈을 바라보았다.

그는 너무 놀라서 입을 뗄 생각도 하지 못했고 오른손으로는 계속 가슴을 압박하고 있는 중이다.

민수림은 진검룡의 두 눈에 눈물이 고여 있으며 뺨에도 눈물 자국이 번져 있는 것을 보고 가슴이 뭉클했다.

그는 처절한 심정으로 눈물을 흘리면서 그녀를 살리고 있었던 것이다.

이곳은 십중팔구 동천목산 깊은 산중의 온천탕 부근일 것이라고 짐작했다.

그녀가 온천탕의 수중 동굴로 들어갔으므로 깨어난 곳이 그곳일 것은 당연하다.

그런데 그녀의 코앞에서 눈을 부릅뜨고 눈물을 흘리면서 그녀에게 공기를 불어 넣어주고 있는 진검룡은 그녀가 여기에 온 줄은 어떻게 알고 찾아왔다는 말인가.

더구나 그녀는 온천탕의 수중 동굴 깊은 곳에서 혼절하여 쓰러졌었는데 진검룡은 그것을 또 어떻게 알고 그녀를 구해낸 것인지 불가사의한 일이다.

'정말 이 남자는……'

민수림은 콧날이 시큰거리고 눈물이 핑 돌았다. 이다지도 그녀를 감동시키는 이 남자를 어떻게 미워할 수 있으며 어찌 그의 곁을 떠날 수 있다는 말인가.

그렇지만 단언하건대 이 남자는 누굴 감동시키는 재주라고는 눈곱만큼도 없는 남자다.

그럴 리가 없겠지만 만약 이 남자가 일부러 누군가를 감동시키려고 노력한다면 틀림없이 우습거나 괴상한 결말로 끝나고 말 것이다.

"음음……"

진검룡은 수림의 이름을 부르려고 했지만 그녀와 입이 붙어 있어서 신음 소리만 나왔다.

그는 급히 입을 떼고 격동해서 외쳤다.

"수림!"

빠르게 정상으로 돌아온 민수림이 그를 말끄러미 바라보는데 두 눈에 수정처럼 맑은 눈물이 가득 고였다.

"검룡."

진검룡은 그녀의 눈을 바라보며 눈물을 흘렸다.

"잘 돌아왔습니다."

그러면서도 그는 환하게 미소 지었다.

"고맙습니다, 수림. 날 떠나지 않아서……"

"무슨 말이에요. 나는 검룡을 떠나지 않아요."

"정말입니까?"

"정말이에요."

"무슨 일이 있어도 나를 떠나지 않을 겁니까?"

"그러겠어요."

"수림이 기억을 되찾더라도 날 떠나지 않을 겁니까?"

민수림의 두 눈에 가득 고였던 눈물이 주르륵 흘러내렸다.

"그래도 떠나지 않을게요."

진검룡은 민수림을 꼭 끌어안았다.

"약속했습니다."

"약속했어요."

진검룡은 기쁨에 겨운 나머지 자신의 두툼한 입으로 민수림의 조그만 입을 덮고는 그녀가 반응할 겨를도 주지 않고 입을 맞췄다.

"음……"

민수림은 깜짝 놀라 몸이 뻣뻣해졌으나 잠시 후 거부하지 않고 사르르 눈을 감았다.

진검룡은 뼈가 없는 것처럼 나긋나긋한 그녀의 몸을 힘껏 끌어안았다.

그런데 진도가 거기까지만 나가야 했었다. 방정맞은 그의 손이 꿈틀거리면서 엉큼한 짓거리를 하는 바람에 산통 다 깨져 버렸다.

그의 손이 몸을 더듬자 민수림이 놀라서 반짝 눈을 떴다. 그러고는 아직도 물기에 젖어 있는 그녀의 눈에 차가운 살기가 감돌았다.

똑같은 행동인 것 같지만 진검룡이 그녀를 살리려고 가슴을 압박하는 것과 엉큼한 속셈으로 더듬는 것은 엄연한 차이가 있다.

그런데 두 사람이 너무 밀착해서 붙어 있는 터라 민수림이 진검룡을 응징할 방법이 마땅치 않았다.

그 순간 진검룡은 뭔가 심상치 않음을 감지하고 다급하게 몸을 돌려서 도망치려고 했다.

그러나 민수림의 무릎이 이미 진검룡의 엉덩이를 세차게 올려 차고 있었다.

퍽!

"끅!"

진검룡은 혀가 목구멍 안으로 말려 들어가는 듯한 신음 소리를 냈다.

민수림은 진검룡이 들어가 앉아 있는 계류의 아담한 소 가장자리를 떠나지 못한 채 조금 전에 물었던 것을 다시 물었다.

"괜찮아요?"

민수림 딴에는 걱정이 돼서 묻는 말인데 진검룡이 듣기에는 누구 약 올리는 것 같았다.

민수림이 반각 동안에 똑같은 물음을 열 번이나 하는 것이 약 올리는 것으로 들릴 수밖에 없다.

민수림의 무릎 차기 한 방에 엉덩이 어딘가가 터져 버리는 듯한 강렬한 고통에 빠진 진검룡은 그 뜨거운 고통의 열기를 식히느라 소의 얕은 곳에 주저앉아서 허리까지 차가운 물에 담그고 있다.

보통 사람들이라면 지금 같은 한겨울에 차디찬 계류 물속에서 열 셀 동안 앉아 있기도 어렵지만 백삼십오 년 공력을 지닌 진검룡은 전혀 추위를 느끼지 않았다.

"검룡, 괜찮아요?"

진검룡을 걱정하는 민수림이 또다시 똑같이 묻자 여태 가만히 듣기만 하던 진검룡이 구시렁거리는 소리를 했다.

"무르팍으로 엉덩이를 그렇게 세게 맞았는데 수림 같으면 괜찮겠습니까?"

"미안해요."

민수림은 살짝 얼굴을 붉혔다.

"아무래도 터진 것 같습니다."

진검룡의 말에 민수림은 의아한 표정을 지었다.

"뭐가요?"

"말하면 수림이 압니까?"

진검룡이 은근히 돌려서 면박을 주자 민수림의 머릿속에

남자의 인체도(人體圖)가 또렷하게 떠올랐다.

　그러고는 방금 전 진검룡의 말이 인체의 어느 한 곳 소중
한 부위가 터졌다는 뜻으로 해석됐다.

第三十四章

비뢰적하검(飛雷赤霞劍)

민수림은 눈을 커다랗게 뜨고 놀랐다.

"저… 정말 그곳을 다쳤나요?"

"그걸 내가 어떻게 압니까? 보이지도 않는데… 그냥 느낌상으로 무지하게 화끈거리고 욱신거려서 어쩌면 크게 다쳤을지도 모른다는 겁니다."

신체 구조상 엉덩이 속은 보이지 않는다. 괴이한 자세를 취해야지만 보일까 말까 한데, 민수림이 저렇게 딱 붙어 있으므로 그런 자세를 취할 수가 없다.

민수림이 알고 있는 의술적 지식으로는 남자의 엉덩이에 강한 충격을 가하면 어느 부위가 잘못돼서 남자의 남성성을 깡

그리 잃을 수도 있다.

우선 생식 즉, 자손을 퍼뜨릴 수 없게 되며 어쩌면 극단적
으로는 용변을 보는 것도 원활하지 못할 수가 있으며 심하면
죽을 수도 있다.

거기까지 생각한 민수림은 초조해졌다. 어느 누구도 아닌
그녀가 진검룡을 이 지경으로 만들었기 때문이다.

그녀가 보니까 진검룡은 몹시 아픈 듯 얼굴을 잔뜩 찌푸린
채 낮게 끙끙거리는 소리를 내고 있다.

그래서 그녀는 순전히 순수한 의원의 마음으로 조심스럽게
입을 열었다.

"내가 보면 안 되겠어요?"

진검룡은 화들짝 놀라서 그녀를 쳐다보았다.

"수림이 내 엉덩이를 말입니까?"

"네, 검룡이 허락하면요."

"나야 뭐……."

무지하게 사랑하고 있는 민수림에게 엉덩이를 보이는 것은
죽기보다 부끄러운 일이다.

그렇지만 그곳이 너무 아프기 때문에 어떻게 됐는지 확인
을 하지 않으면 안 될 것 같았다.

그는 눈을 내리깔고 어렵게 입을 열었다.

"그럼 부탁합니다, 수림 씨."

"네……."

아무리 남자의 일생이 걸린 중요한 일이라고 해도 진검룡은 너무 창피해서 눈을 질끈 감고 죽은 듯이 엎드려 있었다.

진찰하는 과정에 민수림은 딱 세 마디만 했다.

"움직이지 말아요."

"손가락으로 눌러봐야겠어요."

"이렇게 누르면 아픈가요?"

민수림은 사분의 일각 정도 의원으로서 세밀하게 진검룡의 시퍼렇게 멍든 환부를 살피고 또 만져보았다.

"됐어요."

진검룡이 눈을 뜨니까 민수림은 단정하게 무릎을 꿇고 상체를 꼿꼿하게 세운 자세로 그를 바라보며 말했다.

"아무 이상 없어요."

민수림은 일어나서 걸어가며 말했다.

"움직여도 돼요."

진검룡은 엎드린 채 쭉 뻗은 채 앉아서 눈으로 민수림의 뒷모습을 좇았다.

"내 뒷모습 쳐다보지 마세요."

온천탕 쪽으로 걸어가는 민수림의 경고가 있었으나 진검룡의 눈길을 거두게 하지는 못했다.

민수림이 뒤돌아보지 않는 한 뒤통수에 눈이 달리지 않았을 테니까 그가 보고 있다는 사실을 모를 것이라고 만만하게 생각했다.

진검룡은 걸어가는 민수림의 뒷모습을 보고 있는데 눈에 사랑스러움이 가득했다.

'어쩜 저리도 예쁜 걸까?'

그때 민수림이 걸어가면서 어깨 너머로 검지를 뻗었다.

큐웅!

쩡!

엎드려 있는 진검룡의 엉덩이 옆에 있는 주먹만 한 자갈 하나가 정확하게 반으로 갈라졌다.

그걸 보고 진검룡은 자신의 엉덩이가 갈라진 듯한 느낌이 들어서 소름이 오싹 끼쳤다.

두 사람은 마주 보고 선 채 팽팽하게 대치했다.

"이게 마지막 기회예요. 계속 고집부리면 검룡은 청성파 검법을 배우지 못할 거예요."

진검룡은 매우 진지한 표정으로 말했다.

"부탁 하나 들어주면 검법을 배우겠다는데 어째서 안 들어주는 겁니까?"

이건 무슨 짓인가. 제발 가르쳐 달라고 무릎 꿇고 애원을 해도 모자랄 판국에 자신의 부탁을 들어주면 배워주겠다고 배짱을 부리는 진검룡이다.

그렇지만 무슨 수를 써서라도 진검룡을 절정고수로 만들려고 하는 민수림으로서는 그에게 반드시 청성파 검법을 가르쳐 주고 싶다.

하지만 그의 부탁이라는 것이 덜컥 허락할 수 있는 게 아니다. 왜냐하면 민수림이 뽀뽀 한 번 해주면 검법을 배우겠다는 것이다.

그녀는 방금 전에 자신의 입으로 '마지막 기회'라고 말해놓고서도 그걸 실행에 옮기지 못했다.

예전의 그녀였다면 그녀의 말 한마디는 곧 천명(天命) 같은 것이었다.

어기면 어느 누구라도 살아남지 못했다. 그것을 기억하지 못하는 그녀는 진검룡의 억지에 휘둘리고 있다.

사실 진검룡은 지금 이른바 '수림 길들이기'라는 것을 시도하고 있는 중이다.

자신이 너무 민수림에게 끌려다니는 것 같아서, 그리고 그녀와 하루에 한 번만이라도 뽀뽀를 하고 싶어서 이런 고육지책을 쓰는 것이다.

청성파 검법을 간절하게 배우고 싶으면서도 이 기회에 민수림의 기를 꺾어서 언제라도 자신이 마음만 먹으면 그녀에게 뽀뽀 정도는 하고 싶은 것이다.

결국 민수림은 자신이 조금 양보하기로 했다. 그는 진검룡을 응시하며 다짐하듯이 말했다.

"그 대신 깊게 하면 안 돼요."

진검룡은 그녀가 걸려들었다는 사실에 속으로 '옳다구나!' 쾌재를 부르면서도 겉으로는 시큰둥하게 물었다.

"깊게 하는 게 뭡니까?"

민수림이 살짝 얼굴을 붉혔다.

"알고 있잖아요."

"알겠습니다."

언제나 두 사람의 대화는 이런 식이라서 만약 다른 사람이 듣는다면 배꼽을 잡고 데굴데굴 구를 것이다.

허락을 해놓고서도 민수림은 어이가 없는 표정으로 진검룡을 바라보았다.

'정말이지 검룡은 언제나 억지만 부려.'

"뭐 합니까? 어서 하십시오."

진검룡이 뒷짐을 지고 재촉했다.

"내가 하나요?"

민수림은 잠시 후에 한 대 얻어맞을 사람 같은 표정을 지으며 물었다.

"그럼 내가 할까요?"

그러라고 하려다가 진검룡이 뽀뽀를 하면 거칠거나 깊게 할 것 같아서 민수림은 급히 도리질 쳤다.

"아, 아니에요. 내가 할게요."

진검룡은 뒷짐을 진 자세를 유지한 채 눈을 감고 얼굴을 조금 앞으로 내밀었다.

그 모습은 흡사 민수림이 뽀뽀하면 나는 아무 짓도 하지 않겠다는 무언의 약속을 하는 것처럼 보여서 그녀를 조금 안심하게 만들었다.

민수림은 진검룡과 뽀뽀, 아니, 깊은 입맞춤을 한 적이 몇 번이나 있기 때문에 이제 와서 못 하겠다고 반발하는 것도 우스운 일이다.

그렇지만 그녀가 능동적으로 먼저 뽀뽀를 한 적은 한 번도 없었기에 조금 망설여졌다.

하지만 언제까지나 망설이고 있을 수만은 없다. 진검룡이 눈을 감고 주둥이를 쑥 내민 채 기다리고 있지 않은가. 그를 계속 기다리게 하면 또 어떤 해괴한 트집을 잡아서 더한 요구를 할지도 모르는 일이다.

민수림은 얼른 뽀뽀를 해주고 나서 진검룡에게 청성파 검법을 가르쳐야겠다는 생각을 하며 한 걸음 앞으로 나갔다.

민수림은 입술을 쑥 내민 채 눈을 감고 있는 진검룡을 보니까 그 모습이 우스꽝스럽기도 하고 천진난만한 어린아이 같아서 절로 미소가 떠올랐다.

그녀는 진검룡처럼 얼굴과 입술을 앞으로 내밀어서 그의 입술에 살짝 부딪쳤다.

입술을 붙였다가 금세 떼면 진검룡이 또 뭐라고 트집을 잡을 것이 분명하기 때문에 속으로 다섯을 세고 나서 입술을 떼려고 마음먹었다.

슥!

"……!"

그런데 갑자기 진검룡이 한 팔로 그녀의 허리를 감아서 끌어당기는 것과 동시에 다른 손으로는 그녀의 뒤통수를 감싸서 물러나지 못하게 했다.

민수림은 깜짝 놀랐지만 그를 뿌리치거나 어떤 조치를 취하지는 않았다.

그냥 이렇게 입술을 붙인 채 속으로 다섯을 세는 동안만 있으면 된다고 생각했다.

그가 너무 힘껏 끌어안은 바람에 두 사람의 몸은 빈틈없이 밀착되었다.

민수림은 그것마저도 참기로 했다. 그러다 보니까 숫자 세는 것을 잊고 있었다.

쑥!

'아!'

그녀가 막 하나를 세려고 할 때 진검룡이 민수림에게 얼굴을 좀 더 가까이 가져다 댔다.

그 순간 그녀의 오른손 손바닥이 번개같이 진검룡의 가슴에 일장을 발출했다.

퍽!

'악!'

민수림이 진검룡에게 가르치고 있는 청성파의 검법 명칭은 비뢰적하검(飛雷赤霞劍)이다.

무림인들은, 아니, 설혹 청성파 출신이거나 제자라고 해도 그런 검법을 들어본 적이 없을 것이다.

비뢰적하검이 무엇인지 막연하게나마 알고 있는 극소수의 사람은 청성파 장문인이나 장로, 그와 비견되는 지위에 있는 몇몇 사람에 불과하다.

그 이유는 비뢰적하검이 청성파에서 실전된 즉, 대(代)가 끊어져서 그 검법을 알고 있거나 익힌 사람이 천하에 단 한 명도 없기 때문이다.

아니, 단 한 사람이 비뢰적하검을 자세하게 알고 있는데 그 사람이 바로 민수림이다.

자신이 누군지조차도 모르는 기억상실을 겪고 있는 그녀가 청성파의 실전된 비뢰적하검을 어떻게 알고 있는지는 불가사의한 일이다.

어쨌든 그녀는 목검을 두 자루 만들어서 한 자루는 진검룡에게 주고 비뢰적하검을 가르치기 시작했다.

비뢰적하검은 모두 사초식이며 하나의 초식에 적게는 이십 개에서 많게는 사십 개의 변화가 들어 있다.

일초식은 비뢰검(飛雷劍)이고 이초식은 적하검(赤霞劍), 삼초식은 비적검(飛赤劍), 사초식은 뢰하검(雷霞劍)이다.

민수림은 조금 전까지 세 시진 동안 일초식 비뢰검의 이십

팔변 중에서 십이변을 가르쳤다.

진검룡은 지난번에 권각법인 대라벽산을 배웠을 때처럼 이 번에도 역시 민수림이 검법 구결을 단 한 번만 읊어줘도 모조리 줄줄 다 외우고 시범을 딱 한 번만 보여줘도 판에 박은 것처럼 그대로 따라 했다.

청성파 비뢰적하검이 워낙 오묘하고 난해하며 무시무시한 위력을 지니고 있어서 민수림의 설명과 풀이가 길었을 뿐이지 진검룡은 듣는 족족 다 이해했다.

만약 진검룡이 기초적인 학식과 지식이 풍부했다면 비뢰적하검을 다 배우는 데 세 시진이 아니라 한 시진이면 충분했을 것이다.

어쨌든 진검룡은 세 시진에 걸쳐서 비뢰적하검 일초식 비뢰검의 십이변을 배웠으며 지금은 목검으로 그것을 직접 전개하면서 연마하고 있다.

그러나 진검룡이 제아무리 천재에 무골(武骨)이라고 해도 검법구결을 단 한 번 듣고, 또 시범을 딱 한 번 보고서 그것을 완벽하게 연마할 수는 없는 것이다.

판에 박은 것처럼 그대로 따라 한다고 해서 완벽하다고는 할 수 없다.

그래서 민수림이 옆에서 지켜보며 틀린 점을 지적하거나 보완해 주었다.

진검룡이 무형검인 순정강검을 만들어서 검법 연마를 할

수 있는데도 민수림이 목검으로 연마하게 만든 이유는 그녀의 눈에는 순정강검이 보이지 않기 때문이다.

"지금부터 내가 검룡에게 전수하려고 하는 심법의 이름은 나도 모르겠어요."

비뢰적하검을 연마하느라 온몸이 땀범벅이 된 진검룡은 민수림을 바라보기만 할 뿐 아무 말도 하지 않았다.

그는 무공을 배울 때에는 평소의 장난스러운 모습을 일절 찾을 수 없이 매우 진지하다.

그래서 무공을 배울 때의 그와 평소의 그는 전혀 다른 사람인 것 같았다.

"그 심법을 언제 누구에게 배웠는지는 전혀 기억나지 않아요. 그렇지만 그 심법이 천하제일심법이라는 데에는 의심의 여지가 없어요."

진검룡은 민수림의 말을 액면 그대로 믿었다.

"그럼 심법 이름을 하나 지읍시다. 이름이 있어야 부르기도 편할 테니까 말입니다."

진검룡의 진지한 제의에 민수림이 고개를 끄떡였다.

"검룡이 이름을 지어보세요."

"수림심법이 어떻습니까?"

민수림은 자신의 이름이라서 살짝 미소를 지었다.

"용림심법(龍琳心法)이 어때요?"

진검룡의 '용'과 민수림의 '림'을 딴 것이다.

                    *   *   *

진검룡은 벙긋 웃었다.

"좋습니다."

"자, 여기에 가부좌의 자세로 앉아요."

민수림이 땅바닥을 가리키자 진검룡은 저만치에 있는 온천탕을 쳐다보았다.

"땀이 많이 나서 그러는데 씻기도 할 겸 온천탕 안에서 하면 안 되겠습니까?"

그러고 보니까 진검룡은 옷은 물론이고 머리카락까지 흠뻑 젖어서 땀이 뚝뚝 떨어지고 있다.

진검룡을 가르치느라 민수림도 땀을 많이 흘려서 씻어야 하는 것은 마찬가지다.

용림심법을 가르치려면 가부좌로 앉아야 하는 것뿐이지 장소가 땅바닥이든 온천탕 안이든 상관이 없다.

"안 될 것까진 없어요. 그렇지만……."

민수림의 말이 채 끝나기도 전에 진검룡은 온천탕으로 성큼성큼 걸어가면서 땀에 젖어서 물이 뚝뚝 떨어지는 옷을 하나씩 벗었다.

"뭐 하는 거예요?"

"옷 벗는 겁니다. 목욕을 옷 입고 합니까?"

"……."

그녀가 다음 말을 하기도 전에 진검룡은 옷을 훌러덩 죄다 벗고는 온천탕 안에 첨벙 들어가서 야트막한 곳에 자리를 잡고 앉았다.

"어… 좋다! 수림도 어서 들어와요!"

그는 감탄사를 터뜨리더니 곧 눈을 감았다. 민수림이 벗고 들어오는 것을 보지 않겠다는 무언의 행동이다.

하지만 그걸 믿을 민수림이 아니다. 저런 뻔한 거짓말에 한두 번 당했어야지.

"목욕하고 나오면 시작하겠어요. 기다릴게요."

"같이 목욕하면서 심법 합시다!"

진검룡의 말에 민수림은 깜짝 놀라서 버럭 소리를 질렀다.

"억지 부리지 말아요."

민수림은 몸을 돌려 계류 쪽으로 걸어갔다.

"우리가 서로 몸 보는 게 한두 번도 아닌데 뭘 부끄러워하는 겁니까?"

"어쩔 수 없었던 상황과 일부러 그런 상황을 만드는 것을 혼동하지 말아요."

"어쩔 수 없는 상황이면 어떻고 일부러 그런 상황을 만들면 또 어떻습니까? 우리가 남입니까?"

민수림이 걸음을 멈추고 뒤돌아보며 정색했다.

"그럼 우리가 부부인가요?"

"그런 건 아니지만……."

민수림이 다시 걸어가자 진검룡은 바락바락 소리를 질렀다.

"수림은 날 사랑하지 않습니까?"

떡 본 김에 제사 지낸다고 진검룡은 이참에 그녀의 마음을 확인하고 싶었다.

하지만 호락호락 응할 민수림이 아니다. 그녀는 돌아서서 그를 응시하며 차분하게 말했다.

"나는 일장에 온천탕을 통째로 날려 버릴 수 있어요. 그렇게 하길 바라나요?"

"……."

"혼자 목욕하고 나오든가 아니면 온천탕을 통째로 날리든가 하나만 선택해요."

진검룡은 민수림에게 온천탕을 한 방에 날릴 만한 능력이 있으며 그녀가 그렇게 하겠다고 하면 그러고도 남을 여자라는 걸 잘 알고 있다.

그가 대답을 하지 못하고 얼굴 가득 섭섭한 표정을 짓고 있자 민수림이 천천히 오른손을 들어 올렸다.

"파묻히고 싶으면 그대로 있어요."

"목욕하고 나가겠습니다!"

그녀의 말이 끝나자마자 진검룡이 처절하게 부르짖으며 미친 듯이 씻기 시작했다.

그로부터 두 시진 후.

민수림은 손을 저었다.

"내일 다시 하도록 해요."

그녀는 진검룡에게 용림심법을 절반쯤 가르쳤는데 그다음이 가물거려서 도저히 기억이 나지 않았다.

그녀는 기억을 잃었기 때문에 심법 구결이 기억나지 않는 것은 이상한 일이 아니다.

그녀가 얼마나 열심히, 그리고 최선을 다해서 자신에게 무공을 가르치는지 잘 알고 있는 진검룡이 위로를 했다.

"기억나면 다시 가르쳐 주십시오."

"그래야겠어요."

민수림이 힘없이 대답했다.

진검룡이 궁금한 얼굴로 물었다.

"수림, 이곳에 얼마나 머물 계획입니까?"

"검룡이 비뢰적하검과 용림심법, 그리고 신법을 터득할 때까지 있을 거예요."

진검룡은 반색했다.

"신법도 가르쳐 줄 겁니까?"

"경공술과 보법을 하나씩 가르쳐 줄게요."

진검룡은 반색해서 공손히 고개를 숙였다.

"고맙습니다! 수림 말 잘 듣겠습니다!"

그는 두 손을 앞에 모으고 좀 더 공손하게 말했다.

"그럼 우리 지금부터 술 마시는 게 어떻겠습니까?"

민수림은 깜짝 놀랐다.

"술 있나요?"

진검룡은 벙긋 웃었다.

"사 왔습니다."

민수림은 기뻐하는 대신 술을 조금 사 왔을까 봐 초조한 표정을 지었다.

"술 넉넉한가요?"

진검룡은 의미심장한 미소를 지었다.

"오늘 밤 수림을 무릉도원으로 모시겠습니다."

총명함이 지나친 민수림이지만 진검룡의 말뜻을 즉시 알아차리지 못했다.

"무슨 뜻인가요?"

"수림이 마실 술이 넉넉하다는 뜻입니다."

그제야 민수림은 안심한 듯 방긋 미소 지으며 일어섰다.

"물고기 몇 마리를 잡아서 안주로 삼아야겠어요."

"좋은 안줏거리도 갖고 왔으니까 수림은 앉아서 잠시만 기다리면 됩니다."

"크으⋯⋯."

"캬아⋯⋯."

첫 잔의 술을 마신 직후 진검룡과 민수림의 입에서 동시에 신음 소리인지 탄성인지 모를 소리가 토해졌다.

진검룡이 갖고 온 술이 엄청나게 독하기 때문이다. 이렇게 독한 술은 둘 다 처음 마셔본다.

민수림이 놀란 표정으로 술 호리병을 쳐다보았다.

"무슨 술인데 이렇게 세죠?"

"독해서 마시지 못하겠습니까?"

"무슨 말이에요. 독해서 마음에 쏙 들어요. 정신이 번쩍 들고 속이 찌르르해서 아주 좋아요."

그녀가 빈 잔을 내밀었다.

"한 잔 더 주세요."

진검룡은 푸짐한 안줏거리뿐만 아니라 젓가락과 술잔까지 준비를 해 왔다.

민수림은 술을 받으면서 물었다.

"이 술 이름이 뭐죠?"

"초강주(醋糠酒)입니다."

"쌀겨로 만들었나요?"

술 이름에 겨 강(糠)이 들어 있기 때문이다.

"쌀겨만으로는 술을 만들지 못합니다. 쌀겨는 삼 할이 들어가고 나머지는 옥수수와 쌀입니다."

민수림은 단숨에 또 한 잔을 마셨다.

"크으… 지금껏 마신 여러 술들 중에서 이게 최고예요. 쌀겨 때문에 술이 독한 거로군요?"

"그렇습니다."

"최고예요. 시름이 싹 날아가는군요."

진검룡은 벙긋 웃었다. 그는 민수림이 초강주를 좋아할 것이라고 예상했다.

"수림이 좋다니까 나도 좋습니다."

그는 술 좋아하는 자신과 민수림이 만족할 정도로 마시려면 평범한 술은 수십 병이 있어야 하니까 아예 가장 독한 초강주를 사 온 것이다.

초강주를 봇짐이 터지도록 스무 병이나 사 왔으므로 며칠은 마실 수 있을 터이다.

또한 민수림이 독한 술에 못 이겨서 만취하면 그녀를 꼭 안고 자려는 진검룡의 엉큼한 흑심도 한몫을 했다.

그런데 첫날 그의 계획은 보기 좋게 빗나갔다. 그가 먼저 만취해서 모닥불 옆으로 픽 쓰러졌기 때문이다.

한참 후에 잠깐 정신이 들어 게슴츠레 눈을 뜬 그는 민수림이 혼자서 술을 마시는 모습을 보았다.

그가 본 민수림은 추호도 흔들림이 없으며 차라리 고고하게 보일 정도다.

그는 다시 눈을 감으며 속으로 중얼거렸다.

'으음… 졌다.'

진검룡과 민수림이 잠들어 있는 온천탕 옆 모닥불에서 오십여 장 거리의 계류 건너 커다란 바위 뒤에 한 사람이 살짝 고개를 내밀고 두 사람을 지켜보고 있다.

그 사람은 다름 아닌 청랑이다. 그녀는 아무런 기척 없이 진검룡을 따라와서 줄곧 암중에서 그를 주시하면서 지켜보고 있었다.

기억을 잃기는 했지만 그래도 생각이 있는 그녀라서 진검룡과 민수림 앞에 나타나지 못했다.

자신 때문에 민수림이 집을 나갔으며 진검룡이 그녀를 뒤쫓아 온 것이라고 생각하기 때문이다.

그러니까 자신이 진검룡 앞에 나서면 당연히 심한 꾸지람을 들을 것이라고 예상해서 은밀하게 몸을 숨긴 채 그를 지켜보고 있는 것이다.

청랑의 본업은 두 가지이며 하나는 청부살수이고 또 하나는 신투(神偸) 즉, 도둑이다.

둘 다 일체의 기척을 감추고 꽁꽁 귀신처럼 은둔해야 한다는 공통점이 있으며 그런 점에서 청랑은 일절(一絶)을 이룬다.

무공이야 어찌 됐든지 간에 그녀는 청부살수로서는 손가락을 꼽을 정도의 실력이므로 민수림에게 가까이 접근하거나 실수를 저지르지 않는 한 발각되지는 않을 터이다.

청랑이 여기까지 따라온 이유는 단 하나, 주인으로 모시는 진검룡을 호위하기 위해서다.

민수림은 지금 들고 있는 잔이 마지막 잔이라고 생각했다.

그녀 옆에서는 진검룡이 큰대자로 두 팔을 벌리고 누워서 낮게 코를 골며 자고 있다.

손에 잔을 쥐고 진검룡을 물끄러미 바라보던 민수림 입가에 희미한 미소가 떠올랐다.

입을 '헤에!' 벌린 채 자고 있는 진검룡의 모습이 어린아이 같아서 귀여웠다.

문득 그녀는 자신이 앞으로도 쭉 기억을 되찾지 못하면 어떻게 될까 생각해 보았다.

무슨 일이 있어도 잃어버린 기억을 되찾아야겠지만 꼭 그렇게 된다는 보장은 없다.

그러니까 기억을 되찾지 못했을 경우도 생각을 해봐야만 하는 것이다.

'이대로 살아가는 것은 어떨지…….'

그녀가 몇 년이 지나도록 기억을 되찾지 못한다면 진검룡하고 같이 살아가도 나쁘지 않을 것이라고 생각했다.

아니, 나쁘지 않을 정도가 아니다. 그녀도 진검룡을 좋아하고 있으며 그는 정의롭고 다정한 성품이라서 그와 부부가 되어 평생 해로하면서 산다면 아마도 행복할 것이다.

되찾지 못한 기억 때문에 답답하기는 하겠지만 진검룡하고의 기억이 조금씩 쌓여서 더께를 더해가고 그 역시 추억이 되어갈 테니까, 세월이 흐르다 보면 잃어버린 기억 이상으로 이곳의 생활이 중요해질 것이다.

'검룡이 짓궂지만 않으면 더 좋을 텐데……'

민수림은 조금 원망스러운 듯한 표정으로 입술을 삐죽이며 진검룡을 굽어보다가 그의 얼굴을 덮고 있는 머리카락을 손을 뻗어 쓰다듬어 올려주었다.

그때 문득 그녀의 손이 뚝 멈췄다. 이어서 그녀는 천천히 계류 하류 쪽을 바라보았다.

미약한 파공음이 하류 쪽에서 이곳으로 빠르게 이동하고 있는 것이 감지되었다.

'세 명. 살수들이다.'

파공음이 거의 나지 않으면서 살수, 그것도 특급살수의 미미한 기척이 감지됐다.

'검황천문인가?'

동천목산까지 찾아와서 그녀와 진검룡을 죽이려고 하는 것은 검황천문밖에 없다.

오룡방은 아니다. 그럴 만한 그릇이 못 된다. 오룡방주 손록은 제풀에 지쳐서 주저앉았기 때문에 그녀와 진검룡의 일은 검황천문으로 넘어갔을 것이다.

청랑은 온 신경을 곤두세워서 계류의 하류 쪽을 주시하며 오른손으로 허리띠를 잡았다.

그녀는 계류 하류 쪽에서 쏘아오고 있는 세 명이 진검룡을 죽이려는 목적일 것이라고 판단했다.

그래서 여차하는 순간 연검을 뽑아 암습자들의 옆구리를 요격하려는 것이다.

암습자들은 청랑의 존재를 아직 간파하지 못한 상태라서 그녀가 요격한다면 최소 한 명, 운이 좋으면 두 명까지 죽일 수 있을 것이다.

까맣게 잊어버렸던 살수의 본능이 청랑의 심신을 지배하며 활활 타올라 가슴을 뜨겁게 달구었다.

*   *   *

'한 명 더 있다.'

민수림은 계류 건너를 바라보았다. 계류 건너에는 몇 개의 크고 작은 바위들이 난립해 있는데 그중 하나의 검고 큰 바위 뒤에서 강한 살기가 물씬 풍기고 있다.

살수가 세 명인 줄 알았는데 오십여 장 거리인 계류 건너에 한 명 더 있는 것이다.

민수림은 살짝 아미를 찌푸렸다.

'저자는 오는 기척을 감지하지 못했는데 대체 언제부터 저기에 있었던 거지?'

계류 하류 쪽에서 접근하고 있는 세 명은 이제 삼백여 장까지 다가오고 있는 중이다.

민수림은 그들 세 명이 접근하는 기척을 오백여 장 바깥에서 감지했다.

그러니까 누군가 계류 건너 불과 오십여 장 거리까지 접근하는 것을 감지하지 못했을 리가 없다.

하나의 가능성이 있다면 계류 건너의 한 명은 이미 오래전부터 저기에 은둔하고 있어야지만 말이 된다.

그렇다면 계류 건너의 한 명은 계류 하류에서 접근하고 있는 세 명하고 한패가 아닐 가능성이 높다.

그때 민수림은 언뜻 한 사람의 모습을 떠올렸다.

'천면수라.'

진검룡 말에 의하면 그가 천면수라 청랑을 표적 삼아서 혈도 수련을 하다가 사경에 처하게 했으며, 그래서 그녀를 살리는 과정 중 기억을 잃게 만들었다고 했다.

소생한 청랑은 아무것도 모르는 상태에서 자신의 목숨을 살려준 은공 진검룡을 주인으로 모시고 기꺼이 그의 종이 됐다는 것이다.

민수림 입가에 실소가 떠올랐다.

'그녀였군.'

천면수라 청랑은 살수니까 민수림과 진검룡이 이쪽에서 무공 연마를 하느라 한바탕 소란을 피우고 있을 때 슬그머니 접근해서 은둔했을 수도 있는 것이다.

더구나 청랑은 진검룡의 종을 자처하기 때문에 그를 호위하려고 뒤따라온 것이 분명하다.

민수림은 손에 쥐고 있는 술잔을 비우고 청랑에게 조용히 전음을 보냈다.

[너, 접근하는 자들의 측면을 공격해라.]

"......!"

청랑은 느닷없이 들려온 전음에 화들짝 놀랐다. 그 목소리가 민수림이라고 판단한 그녀는 숨어 있는 검고 큰 바위에서 고개를 살며시 내밀어 계류 건너 모닥불 옆의 민수림을 바라보았다.

민수림은 청랑을 쳐다보지도 않고 자신의 빈 잔에 술을 따르고 있는데 그녀의 전음이 청랑에게 전해졌다.

[네가 한 명 정도 감당하면 될 것이다. 할 수 있겠느냐?]

이미 민수림이 다 알고 있기 때문에 청랑이 대답을 안 하면 꼴이 우습게 된다.

[네.]

청랑은 희미하게 꺼진 모닥불 옆에 단정한 자세로 앉아서 술을 마시고 있는 민수림이 거대한 산처럼 보였다.

민수림에게 혼자서 살수 세 명을 처치하는 것은 소매에 묻은 먼지를 터는 것처럼 쉬운 일이지만 이번에는 진검룡과 청랑에게 맡겨보기로 했다.

민수림은 진검룡의 아혈을 제압하는 것과 동시에 다른 혈도를 눌러서 그의 잠을 깨웠다.

"……."

진검룡이 놀라서 후다닥 다급하게 일어나려는 것을 민수림이 어깨를 지그시 눌러서 만류했다.

[내가 검룡의 아혈을 제압하고 깨운 거예요.]

"……."

[아혈 풀어줄 테니까 전음으로 말해요.]

민수림이 아혈을 풀자 진검룡은 주위를 두리번거리면서 그녀에게 전음으로 물었다.

[무슨 일입니까?]

민수림은 계류 하류 쪽을 쳐다보았다.

[살수 세 명이 오고 있어요. 아무래도 검황천문에서 보낸 것 같아요.]

총명함이라면 민수림 못지않은 진검룡이라서 검황천문이라는 말을 듣고 어떻게 된 것인지 즉시 알아차렸다.

[살수 세 명이 전부입니까?]

[현재로선 그런 것 같아요.]

진검룡은 눈을 껌뻑거렸다.

[이상하군요.]

[뭐가요?]

[검황천문이 겨우 살수 세 명을 보냈을 리가 없습니다. 내가 살수를 보낸 검황천문의 간부급이라고 해도 손을 쓰는 김

에 아예 뿌리를 뽑아버리고 말지 살수 세 명을 보내서 뜨뜻미지근하게 일을 처리하지는 않을 겁니다.]

민수림은 고개를 끄떡였다.

[그럴 수도 있겠군요.]

기억을 잃은 민수림은 검황천문이 천하무림을 양분하여 통치하고 있는 남천북신 중 남천이라는 사실을 며칠 전에 진검룡에게 말을 듣고서야 알았으므로 남천이 어떤 존재인지 정확하게 모르고 있다.

검황천문이 지금 죽이려고 하는 인물은 전광신수다. 비웅보와 오룡방을 제 집처럼 드나들면서 요절내 버린 항주의 떠오르는 신성 전광신수인 것이다.

만약 지금 오고 있는 살수 세 명이 무림 최고 수준이라면 그들만 보낸 것이 어느 정도 말이 되겠지만 그렇지 않다면 다른 조력자가 더 있을 것이다.

민수림은 계류 건너편을 바라보며 말했다.

[청랑이 따라왔는데 저기에 있어요.]

진검룡이 계류 건너편을 쳐다보자 검고 큰 바위 옆에 서 있는 청랑이 그를 향해 공손히 허리를 굽혔다.

그는 청랑이 어째서 여기에 있는 것인지 민수림이 설명하지 않아도 짐작할 수가 있다. 청랑은 그를 호위하려고 따라온 것이다.

[그렇다면 세 명의 살수는 우리가 상대하도록 하고 랑아에

게 임무를 줘야겠어요.]

[그러십시오.]

민수림이 청랑에게 전음을 해서 세 명의 살수 외에 다른 자들이 있는지 알아보라고 지시했다.

청랑은 무림백대살수 중 한 명이니까 그 정도는 어렵지 않게 할 수 있을 것이다.

진검룡은 진지한 표정으로 민수림에게 물었다.

[살수는 어떻게 상대를 해야 합니까?]

민수림은 살수에 대해서 곰곰이 생각하지 않고 그저 생각나는 대로 말했다.

[살수는 표적하고 절대로 맞상대를 하지 않고 급습이나 암습을 해요. 그러니까 검룡은 그들보다 더 빠른 반격을 가하든지 아니면 살수의 공격을 피하는 것과 동시에 반격하면 될 거예요.]

민수림은 뭐든지 곰곰이 생각하니까 잘 안 된다는 사실을 경험으로 알게 되었다.

떠오르는 대로 그냥 막 말하거나 행동을 해야지 그게 그녀의 진짜 경험이고 지식인 것이다.

[알겠습니다.]

[공력을 끌어올려서 청력을 돋우어봐요. 살수는 눈으로 보는 것만으로 상대하면 안 돼요.]

진검룡은 시키는 대로 하고는 미간을 좁혔다.

[놈들이 어디에 있는지 모르겠습니다.]

[감지한 것들 중에 희미한 빗줄기 소리 같은 것이 있을 거예요. 그게 살수의 기척이에요.]

진검룡은 눈을 감고 청력을 최대한 기울였다. 그러고는 빗줄기 소리를 즉시 가려냈다.

조금 전에도 감지한 미세한 파공음인데 그게 살수의 기척인지 몰랐기에 흘려들었다.

다음 순간 진검룡은 놀란 표정으로 민수림을 쳐다보았다.

[빗줄기 세 개가 이십 장 이내로 진입했는데 곧장 우리에게 쇄도하고 있습니다.]

민수림은 상대가 특급살수이기 때문에 이번만큼은 진검룡을 조금 도와주기로 하고 오른손을 그의 왼쪽 어깨 밑에 넣어 둥실 허공으로 같이 떠올랐다.

스읏!

[순정강검을 만들어요.]

찰나지간에 모닥불 위 허공 삼 장 높이로 떠오른 진검룡은 민수림의 지시에 기다렸다는 듯이 두 손을 포개어 순정강검을 만들어서 움켜잡았다.

스킁…….

특유의 묘한 음향이 흐르며 그의 두 손에 익숙하고 차가운 순정강검의 촉감이 전해졌다.

바로 그 순간, 진검룡은 전방과 좌우 세 방향에서 세 개의 검고 흐릿한 인영이 이쪽을 향해서 내리꽂히는 것을 발견했다.

그들 세 개의 검은 인영이 모닥불 옆 방금 전까지 진검룡과 민수림이 앉아 있던 곳으로 쏘아가는데, 그들의 손에는 각각 두 자 길이의 짧은 살수검이 쥐어져 있었다.

하지만 그들의 표적인 진검룡과 민수림은 이미 그곳을 벗어나 그들의 머리 위로 떠오르고 있다.

민수림이 시기적절하고 기막힌 순간에 그곳을 벗어나 떠올랐기 때문이다.

[저놈을 죽여요.]

민수림은 모닥불 옆을 덮친 세 명의 살수 중에서 좌측의 살수 위로 진검룡을 놓으면서 가볍게 밀어주었다.

단지 그것만으로 진검룡은 좌측의 살수 위에서 뚝 떨어져 내리는 상황이 되었다.

그러므로 그가 순정강검을 밑으로 찌르거나 그어대기만 해도 살수는 즉사하고 말 것이다. 그렇게 민수림은 그에게 밥상을 다 차려주었다.

세 명의 살수가 공격해 올 위치나 시기, 그들에게 반격을 가하는 순간까지 훤하게 예측한 민수림은 그야말로 싸움에 대해서는 전신(戰神)이라고 불릴 만하다.

세 명의 살수는 진검룡과 민수림을 급습했다가 그들이 찰나지간 머리 위로 떠오르면서 피하자 급히 고개를 들고 위를 올려다보면서 두 번째 공격을 이으려고 했다.

하지만 그때 이미 진검룡이 한 명의 목을 향해 오른손을 긋고 있으며 민수림은 두 개의 무형강기를 발출했다.

서걱!

"끅!"

퍼퍽!

"크윽!"

"캑!"

한 명의 살수는 보이지 않는 무형지검에 목이 잘리고, 두 명의 살수는 올려다보는 이마 한가운데에 엄지손톱 크기의 구멍이 뚫려서 즉사했다.

쿠쿵!

세 명의 살수가 아직 불씨가 살아 있는 모닥불 위로 앞다투어 떨어지고 있을 때 청랑이 계류 하류 쪽에서 전력으로 쏘아오면서 외쳤다.

"주인님! 적들이 몰려오고 있어요! 백 명도 넘어요!"

그 순간 민수림은 살수 세 명은 척후였으며 지금 몰려오는 자들이 주력이라는 사실을 깨달았다.

"수림."

민수림은 모닥불 옆에 내려서고 있는 진검룡을 보며 말했다.

"검룡, 두려워하지 말아요. 우린 충분히 적들을 물리칠 수 있어요."

진검룡은 빙긋 미소 지었다.

"두려워하지 않습니다. 어떻게 싸워야 할지 수림이 가르쳐 달라는 겁니다."

진검룡과 민수림은 땅에 내려서고 청랑이 달려와서 진검룡 옆에 섰다.

민수림이 하류 쪽 어둠 속에서 시커멓게 몰려오고 있는 검은 인영들을 응시하면서 차분하게 말했다.

"검룡의 솜씨를 마음껏 펼쳐보세요."

진검룡은 회심의 미소를 지었다.

"알겠습니다."

세 사람은 일렬횡대로 서서 천천히 하류로 걸어갔다.

청랑이 진검룡을 보며 걱정스러운 표정을 지었다.

"주인님, 무기는요?"

연검을 빳빳하게 만들어서 쥐고 있는 청랑은 진검룡에게 무기가 없는 것이 걱정됐다.

진검룡은 빙긋 미소 지으며 오른손을 들어 올렸다.

"여기 있잖느냐?"

지금이 캄캄한 밤이라서 안력을 돋우면 무형검이 아주 흐릿하게 보이는 데다 진검룡이 청랑에게 보여주기 위해서 일부러 공력을 주입했더니 순정강검이 낮게 울면서 짧은 순간 제 모습을 드러냈다가 사라졌다.

웅웅웅…….

또한 순정강검이 괴이한 소리를 내는데 마치 먹이를 달라고 보채는 맹수의 낮은 울음소리 같았다.

계류 양쪽을 새카맣게 뒤덮은 채 쏘아오고 있는 검은 인영의 수는 청랑이 말한 것보다 배는 더 많았다.

진검룡 일행이 계류 가의 싸우기 좋아 보이는 넓은 자갈밭에 이르러 멈추자 검은 인영들이 빠르게 세 사람을 포위해 버렸다.

그러나 진검룡과 민수림은 추호도 두려워하지 않고 시종 여유 있는 모습이다. 다만 청랑 혼자만 진검룡이 걱정돼서 초조한 표정을 지었다.

민수림이 둘러보니까 검은 인영 즉, 적의 수는 이백여 명쯤 되는 것 같았다.

『붕정대연가(鵬程大戀歌)』 4권에 계속…